荡马路

叶辛

中国作家看世界丛书

荡马路

叶辛小散文

叶 辛 著

上海远东出版社

图书在版编目（CIP）数据

荡马路：叶辛小散文/叶辛著. --上海：上海远
东出版社，2025. --（中国作家看世界丛书）. -- ISBN
978 - 7 - 5476 - 2157 - 8

Ⅰ. I267

中国国家版本馆 CIP 数据核字第 20259E9M67 号

策　　划　黄政一
责任编辑　黄政一
特约编辑　陈占宏
封面设计　李　廉
封面题签　叶　辛
摄　　影　黄政一

中国作家看世界丛书

荡马路：叶辛小散文

叶　辛　著

出　　版　上海遠東出版社
　　　　　（201101　上海市闵行区号景路 159 弄 C 座）
发　　行　上海人民出版社发行中心
印　　刷　上海颙辉印刷厂有限公司
开　　本　890×1240　1/32
印　　张　7.75
插　　页　2
印　　数　1—4000
字　　数　238，000
版　　次　2025 年 7 月第 1 版
印　　次　2025 年 7 月第 1 次印刷
ISBN 978 - 7 - 5476 - 2157 - 8/I・407
定　　价　58.00 元

我写小散文

　　去年出版了一本厚厚的小散文集《一城繁华半江河——叶辛小散文》，今年出版社又约我编一本新的小散文《荡马路——叶辛小散文》。老同学在微信上对我说，近年来你怎么尽写小散文了？写惯了的长篇小说不写了？语气颇为严厉。我据实道："写到一半，停下来了。"问是何故？我说："平时要带孙子，静不下心来。"已经是过来人的老同学笑道："这可是个精疲力尽的欢喜活。那你怎么还有时间写小散文，产量还不小，去年刚收到你一本新书，今年又要编一本？你都是什么时间在写？开夜车？"我说："不开夜车。"老同学声音提高了："不开夜车？那你如何挤时间？"

　　我给老同学讲实话，一是白天里孙子总要睡觉，很小的时候一天睡两觉，上午一个多小时，下午一个多小时。有一个多小时，写一篇小散文足够了。后来孙子大了一点，每天只睡一觉，时间却长了，总要睡一个半钟头，长的时候睡 2 小时，同样可以写一篇。还有一个时间段呢，就是坐在公交车上写。

　　公交车上怎么写？

　　我给他解释，从我家门口的公交车起点站，坐上一个单人座位，公交车开到我儿子家附近，十几个站头，一个多小时呢！有这一个多小时，想好的小散文也写完了。

　　你家伙，公交车上也能写啊！

叶　辛

2025 年 4 月

目 录

我和祖国 75 年

写下这个题目,是因为新中国成立 75 周年的庆典。也因为五年之前,新中国成立 70 周年庆典之际,出版社作为献礼书,出版了一本《我和祖国 70 年》。那本书在 2019 年出版,到秋天时已经再版了五次,书中搜集的是我多年来写的一些散文。

那么,有人就要问了,75 周年的庆典,作为一个小说家,我要用什么作品来表示庆祝呢?

我的回答是:那就是刚刚在 8 月份的上海书展上,我向读者推出的散文随笔集《一城繁华半江河》。在这本新作的封面上,注明了"叶辛小散文"五个字,除了突出文章比较短小精悍外,有一点值得一提的是,这本书中有 65 篇文章,占到全书的四分之三,都是我近五年来发表在《上海滩》上的小文。当编辑把这些年来我写下的文章清样稿送到我案头上时,我翻阅着这些零零星星写出的文字,竟然也读出了其中的韵味,不由得露出了会心的一笑。

从这个意义上来说,我的这篇小文的名字还可以改为"我和上海 75 年"。只因这几年发表在《上海滩》上的文章,写得全是上海的风情、上海的格调和上海的记忆。

从 70 周年庆典到 75 周年庆典，五年时间，仿佛一眨眼时间就过去了。上海这座世界上引人瞩目的特大型城市，有些什么变化呢？

我想，对于 2 500 万今天的上海人来说，发生的变化是有目共睹的。我们的媒体，几乎每天都在报道着这座城市的进步。五年时光，上海华丽蜕变。金融中心地位愈发稳固，科技之光璀璨闪耀，制造业蓬勃发展。港口繁忙，物流畅达。文化旅游融合，尽显魅力。上海以创新为翼，拼搏为帆，在时代浪潮中奋勇前行，愈加成为一颗熠熠生辉的东方明珠。

而不变的东西，又是什么呢？

我在想，对于上海这座城市，五年不变的东西，就是她的城市精神。对于每一位上海市民来说，也都在有意无意地践行着这座城市的精神。那就是"海纳百川，追求卓越，开明睿智，大气谦和"。

今天的每一个上海人，都会在这一精神的感召下，做出自己应有的贡献。

荡马路：一代上海人的"专利"

这个题目一写出来，就有时常来往的老朋友表示异议：说我太极端了。荡马路是多么简单的一件事情，男女老少谁不荡马路？在人行道上散散步，是每一个会走路人的自由。可以讲全世界城市里居住的男男女女老老少少，都荡过马路，在荡马路时享受充分的自由。想走得快就快，想慢慢行就慢慢行，无人会去干涉和干预乃至阻挡。你把这么放松自在的一件事，竟然说成是专利，而且冠以一代人，太过分了太极端了，小心被读者提意见。

我笑道：这正是我写这篇小文的目的。你讲的一点不错，全世界所有城市里居住的人都逛过街荡过马路。过去是像你说的这样，现在仍然是这样，将来同样如此。但唯独我们这一代上海人的荡马路，有其不同之处。老友当即表示愿闻其详。我对他说，我们小时候直至整个青少年时代，一起荡过马路。不但一起荡过南京路和淮海路，还荡过上海的很多大大小小的马路，有出名的，也有默默无名的。步行着荡马路还不过瘾，到了学会骑自行车的初中二三年级，我们甚至六个同学约好了一起骑着自行车荡。发誓要把上海所有的马路荡个遍。你还记得吗？老同学无语，看来是想起来了。我接着对他道，我们那时候荡马路，和当代的年青人不一样，我们是无目的地荡，荡到哪里算哪里。但是正因如此，荡马路获得的书本之外的知识很多很多。不说远的了，就是我们非常熟悉的南京路而言，几乎每一家商店的特色我们都能讲的出来。我到了外地插队落户当"知青"，许许多多当地人都说你们上海男女"知青"普遍都比我们当地的"知青"、基层农民们、干部见多识广，而且仿佛样样都懂，样样都精通。不少"知青"为此洋洋得意，又被很多当地人斥为自以为得计，太骄傲了！这些议论也对也不对。对的是从小荡马路长大的我们这一代年轻人，确实在日复一日荡马路的日子里获得了非常多的书本之外的常识，生活见解，和许许多多我们买不起、但确实在市场上见过的物品。不举多的例子了，就是靠近外滩的中央商场里，什么样的物品没有啊！再加上十里南京路上，从外滩到静安寺，大大小小的商店一家挨着一家，只要你想得到的东西，都有。怪不得流行的沪剧小调里唱：只要有铜钿，就能买得来。

这样荡马路长大的我们这一代人，现在有吗？

我交往了60多年的老同学、老朋友这会儿点头了。说："听你这一讲，还真是这么回事儿。我们的独生子女一辈，以及孙子孙女辈，还真的是不像我们那时候般荡马路了。他们现在大多网购，即使真荡马路逛商店，也是目的性非常强的，直奔那个须购物的商场。"

我笑了，说："你可能早就忘了。我们这一代在上海滩荡马路长大的人，第一次出差到北京，都是事先做好功课，公事之余，去了王府井，还要去前门大栅栏，到了东单，还要去西单，听说西四百货大楼热闹，荡过了不算，还要去东四。其实不为买什么东西，就是荡过了，回上海之后亲朋好友问起来，可以自豪地回答，去过了都去荡过看过了。如若真漏了哪一处没有荡到，会后悔半天，懊恼半天。觉得输给了旁人什么似的"。

我们这一代喜欢荡马路的上海人，还把自小养成的荡马路性格脾性，带到了出国途中。在日本，我在荡马路时看到了步履匆匆的东京人，无论是银座、新宿热闹的马路上，还是邻近郊区的僻静马路上，东京人几乎都像是在赶路，似乎是有重大的事情在等着去处理。在东京荡马路时，我从来没有见过一个日本人像我这样悠闲自在地荡着马路，趣味浓郁地观察着日本人的步伐和生活形态。相反，在早晨来的很晚的香榭丽舍大街上，我发现巴黎人的一天，总是要在上半天的 10 点多才开始的。故而即便是香榭丽舍大街，咖啡和面包的香味总要在 10 点之后才弥散出来。而当我在墨西哥城那一条号称全世界最长的马路改革大道上荡时，伴随着大道上疾驰的大小车辆，我荡了六七里路，看看笔直的大道前头遥不可及的尽头，终于没有决心荡完它了。陪同的墨西哥议会工作人员告诉我，步行荡马路要走完改革大道，敢断言全世界没有一个人会做这事。言下之意就十分明白了。至于香港长长的弥敦道、纽约人声鼎沸的大道，我或多或少地也都荡过不长不短的一截马路。说老实话，我并没有采购任务，自己也不想买啥纪念品，纯粹的就是荡马路。

说出来也不怕笑话，这就是我们这一代上海人自小荡马路养成的习惯。不过仍得实事求是说一句，不带任何功利心地荡马路，还真的会有意外的令人惊喜的收获。

日食三餐粮

　　2025 春节前前后后的几天里。上海的知识青年群里不知由谁最先聊起来，说欢乐祥和的春节能过得如此自在舒适，是同当年到外地去的"知青"们在世纪之交那几年里，赶上了房改和动迁两波热潮，都解决了上海人一度最为看重的住房问题，过上了安定生活有关。我同样是亲历者，对此深有体会，故而几乎把方方面面的人士对这一问题的议论都细看了。有的还不止读了一遍。

　　改革开放之前，可以说除了极少数家庭的成员，几乎所有的上海人，都有一个住房情结。对上海的基本住房条件，耿耿于怀的有之，牢骚怪话说了又说的有之，调侃和自我解嘲的更是有之。一旦身旁有人分配到了房子，哪怕只是小小的一个亭子间，也要兴师动众地大大庆贺一番。那些年里，外地出差来上海的人，经常会发出种种慨叹，他们往往会持同情的口吻道："上海对全国的贡献这么大。上海人的住房却这么小、这么狭窄得可怜、这么紧张！真正是令人想不到，令人同情。"我自己也对此深有感触，已经是上世纪 90 年代中期了，外地有一个中型城市的新华书店，在一个星期天，派了几个女同志先是找到上海市作家协会的门房间，打听我在不在？门房间的工作人员看了她们的介绍，给我打电话，说几个女同志热情得很，一定要在今天见到你。我说那就把地址给她们，让她们来家里吧。

不多久，她们来了，竟然有四五个人，原来是邀请我去她们新落成开张的新华书店举行一次签名售书活动。并且热情地说，这点子一提出来，上下左右的城里各单位各部门，都纷纷打来电话，要求购书，连市委市政府办公室都打了电话来，说领导也要签了名的新书。据此估计，这活动一定会火。务必请我安排好时间前去。并说她们经理为此在接待方面作了精心安排，她们那个城市里，没有什么能超过上海的东西，但是白衬衫的质地、款式，连衬衫上配的纽扣，都堪称一流。经理让我们：量一下你的尺寸，会送你两件白衬衫。

见她们如此热情，七嘴八舌说个不停，我答应下来。那个年头，签名售书这件事，刚刚在国内的读书界兴起来，只要组织得好，必然在当地造成不大不小的轰动效应。对作家、出版社、新华书店三方面来说，都是一件皆大欢喜的好事情。于是，她们欢天喜地的表示完成了任务告别而去，并且再三说，叶老师定下了具体时间、地点，我们会提前把车开到楼下来接你的。

果然，在和她们的领导李经理通过电话约定日期之后，她们来接我了！又是来了四五个人，其中除了一个销售经理是上次来过的之外，另外几个完全是新认识的。上车随她们同行时，我不由奇怪的发问："来接我去售书，来一两个人就够了，你们为什么两次都来这么多人。"快言快语的销售经理笑朗朗地说："叶老师你那么有

名，我们这些人都想来看看上海大作家的家是什么样啊！"（原话）

我不由得问："怎么样？"

看了以后大失所望。销售经理直率地说道："不瞒你说，我在我们那地方，住的房子比你的还宽敞舒适点呢。"另外一个女士更是直言直语："叶老师，你调到我们城市去算了。"

原来如此啊，我这才恍然大悟！只得坦率地说："我在贵州时，住的是四室一厅，只因为要调回来照顾年迈的老母亲，才申请了又申请得以批准的。"

这一件小小的往事，给我的印象实在太深了。我还顺便介绍说，我调回上海，听过一位副市长的报告，介绍说，上海的住房问题，积重难返，解决起来有难度，就是我们主席台上坐着的 11 位市里的各级干部，住房面积最大的 75 平方米，最小的只有 30 几平方米。上海人均 1 平方米以下的住户有 1 万多，人均 1.5 平方米以下的有 2 万多，3 平方米以下的有 10 多万，4.5 平方米以下的有几十万呀！我举这些例子，是想说明，调回上海，能得到现在住的二室一小厅，已经很不容易了！

但这帮新华书店的女职工，仍然在车上议论纷纷，说个不停。

几乎与这一件事的同时期，上海报道了城乡结合部山明水秀的佘山脚下，造起了一幢价值 3 亿元的豪华别墅。有文字介绍，还配有照片。更有一种新闻效应。不知为什么，我自然而然想起了四句俗谚：家有万顷田，日食三餐粮。屋有千百间，夜宿三尺床。

短短 20 个字，浅显明白，道尽的是一个颠扑不破的真理啊。

故而有一阵子，有人向我索字，我经常信笔就写下这 20 个字。看到的人都说好，说古人讲的有道理，说要拿回去裱起来挂在墙上云云。

　　后来我不写了，为啥呢？只因人世间还有很多很多人看不懂这几句老古话啊！

也谈杜月笙

各省都有"灵魂人物"

　　几次去山西采风，总要和当地作家们坐在车上谈天说地，讲一点当地的民俗风情和人物故事，说着说着就会讲到曾经统治山西的大人物：阎锡山。讨论的往往不是他的政治立场和军事能力，更多是关于他的奇闻轶事，给我留下了深刻印象。至今还有不少山西人对他津津乐道，似乎并不恨这个最终逃去台湾地区的军阀，反而对他颇为欣赏，认为他是个人物。

　　同样的现象，贵州也有。20 世纪 80 年代，我在贵州省文联的《山花》编辑部任职。闲暇时候，和编辑部、文联机关的一些老职工聊天，讲到贵州掌故，几乎所有人都会提起周西成。一谈到他，省文联机关各协会的艺术家们一改平时斯文形象，眼睛不由自主瞪得老大，眉飞色舞地讲道："贵阳市中心最热闹的喷水池，原先叫铜像台，塑的就是周西成。新中国成立后，铜像让人掀翻了，贵州人悄悄地把铜像转移到黔灵公园山麓的一个僻静处，竟然没受到追究，至今仍在。"

有次去到周西成的家乡桐梓县，当时正是晚饭时间，一到餐馆我就被告知，这是周西成吃过饭的地方。在县里住了三天，从县城到村寨，从祠堂到周西成住处、办公场所，到处都是他的故地。临走时，县里的文人朋友还送给我好几本有关周西成的故事集。

我和贵州结缘53年了，只觉得没有第二个人像周西成这样为贵州人所感兴趣。他们讲述周西成时，讲的也是他如何不费一兵一卒，用旁敲侧击之法，就将盘踞贵州山中几百年的土匪剿灭的故事。讲得人心潮澎湃，听得人目瞪口呆，不得不佩服周西成其人。贵州人还不无自得地对我说："纵览中华大地，不是每一个省都有周西成这样的人物。"我心想，我们上海不也有这样的人物吗？杜月笙就是。

口口相传的人物故事

我听说杜月笙这个人还是刚读小学一年级时。放暑假了，乘凉时坐在大人们身边，听他们谈《山海经》。谈着谈着，不知怎么就讲起了杜月笙。他13岁到上海十六铺码头旁的水果行里学做生意，天天练习削烂生梨，最后练成一个绝招，就是削梨。一只梨拿到他手上，只需片刻工夫，他就能把这只梨削得干干净净，削下来的梨皮一提起来就是一整条，中间一点都不会断。我当时觉得很好玩，家中吃梨时，我就主动要求削皮，但是小心翼翼地试了又试，往往没削多长就断了。要像杜月笙那样，估计我这一辈子也做不到。

其实，老百姓们谈论的名人轶事，往往都是像杜月笙削梨一样的趣事，他的功过成就，反而不是谈论重点。他们不讲杜月笙的发迹史，只讲他如何从一名黄金荣的门生起家，没多久就让黄金荣"退归林下"，自己取而代之，且用的是"上台面"的办法。世人连连称赞他是个人物，弄堂里俗语说就叫"是模子"。

上海浦东新区的高桥镇上设有"叶辛高桥书房"，所以近几年我常到高桥去。和当代高桥人一交谈，自然而然就会讲到出生于高桥镇（原属江苏省川沙厅）的杜月笙。我发现这些比我年轻得多的中青年讲起杜月笙来，同样是如数家珍。其对杜月笙故事的熟悉程度，就好像这位曾经的上海滩大亨是他们的亲戚朋友或邻居，一点也没有陌生之感。

1931 年 6 月 8 日至 10 日，占地 50 亩的杜家祠堂落成大典上，蒋介石亲送一方"孝思不匮"的牌匾，北洋军阀各个派系的重要头目徐世昌、曹锟、段祺瑞、吴佩孚、张宗昌等人也送了匾。时任国民政府监察院院长于右任、司法院院长王宠惠，还有外交部部长、淞沪警备司令、上海市市长等要人出席活动，任活动总理的虞洽卿、黄金荣、王晓籁亲自安排现场事宜。同样是"上海滩三大亨"之一的张啸林，只不过任个活动协理。

6 月 9 日上午，仪仗队从杜公馆出发，经过恺自迩路（今金陵中路）、公馆马路（今金陵东路）、老西门，再由小东门大街（今方浜东路）直至金利源码头登轮。队伍长达数里，一路吹吹打打，热闹非凡。马队之后，是法捕、华捕，还有警备司令部、公安局、海军司令部、陆军第五师军乐队及法租界总领事、领事，法捕房总巡官，日本总领事，日军驻上海司令阪西等人。每天酒席都在千桌之上，可谓盛况空前。当时日夜连开六台堂会，京剧名家全被请来演出，杜月笙本人还和他们合影留念。这些名伶跷着二郎腿坐在椅子上，作为主人的杜月笙站在他们身后。现在这张照片不仅在高桥能看到，市中心几个带有"杜公馆"名称的餐馆大厅里面都有悬挂。

1951年，杜月笙于香港病故。临终之际，他把别人写给自己的一整箱欠债借条全都付之一炬，并不留给自己的子女。联想到他在高桥家乡赈济慈善事业、修桥筑路、改善文化卫生的做法，今天高桥人如此热衷地谈论他，不是没有缘由的。

至于他们为什么能把几十年前的杜月笙讲得如此生动有趣，靠的正是心领神会，口口相传。往深处想，我们小时候阅读过的《说唐》《说岳》《隋唐演义》《三侠五义》《七侠五义》等等一些书籍，无不带有此类口述痕迹。已经成为四大名著的《水浒》《三国演义》等，其中的人物和故事，也都带有历朝历代传说完善的过程。想来弄堂文化、市井文化、街谈巷议里口口相传的人物和事件，是不是都是这样传播下来的呢？

春到淀山湖，上海人却去了远方

不输西湖的美景

春日里，我又一次来到上海市郊的淀山湖畔踏青散心。之所以来淀山湖，是因为淀山湖既和上海近郊的青浦江河相通，又蜿蜒至我的故乡江苏昆山市境内，同湖海相连的河道，甚至直接和外婆家门口的三桥连在一起。

放眼烟波浩渺、水光潋滟的湖上春色，总能激起我心中的缕缕思绪。我情不自禁地坐下来，边欣赏美景，边在内心深处又一次问自己，同样景色秀美，淀山湖水域面积甚至超过西湖面积的 11 倍，淀山湖的知名度、淀山湖的美誉度，为什么远比不上杭州的西湖？

是淀山湖没有悠久的历史可以夸耀吗？非也。

自有古太湖，就有了淀山湖。那时候它叫薛淀湖，后来人们见湖的东面有一座淀山，故改称其为淀山湖。宋朝时，淀山只是屹立于湖中的一个小岛。到了元代，由于泥沙不断沉积，湖东边的陆地与小岛相连接。迄今，淀山和淀山湖竟相隔足有二三千米的路程。

这一小小的演变，其实也从侧面印证了上海沧海变桑田的历史过程。

为防水灾开掘的淀浦河，西起淀山湖，东至黄浦江，全场有46千米，1977年建成。到了20世纪90年代，淀浦河进一步挖掘拓宽，还有作家专程到工地上去体验生活，写文章反映这一有利于上海市民的工程建设。

整个淀山湖周边，园林古迹不输西湖。既有240年历史的曲水园，又有古遗址唐代的青龙镇、唐代的泖塔，清代的万寿塔，以及上海地区最古老的拱形石桥普济桥、造型美观的迎祥桥、上海最大最完整的古代石拱桥放生桥，还有明崇祯十三年（1640）建造的关王庙和距青浦县城东仅5 000米（现在几乎和县城连在一起）的崧泽村古文化遗址，这些都值得人们去游览观光。淀山湖也像盛产草鱼的西湖一样，盛产上海市民喜食的鲫鱼、鳊鱼及众多淡水鱼类。淀山湖毛蟹又名青壳蟹，虽不如阳澄湖大闸蟹，却也因其肉质肥厚、味道鲜美，为广大市民所喜爱。

只缺乏西湖的人文

20世纪70年代末，淀山湖旅游区就在规划推进中。40多年来，应该说已经做了不少工作，但淀山湖的名气还是不能和西湖相比。

这问题始终困扰着我。与友人交流，友人纷纷寻找理由，作出了他们的判断。有的说，西湖是有故事的，岳飞和秦桧的故事、于谦的故事、苏小小的故事、白蛇传的故事、秋水山庄的故事……光是这些故事，就足以令西湖让人神往，更让西湖带上了一丝悲剧色彩。淀山湖有那么动人的故事吗？

有人说，西湖就在杭州城里，方便市民天天接触。想看西湖，抬脚就到了眼前；即使不想它，西湖都日夜陪在杭州人身边。就这点而言，淀山湖就做不到。更何况，有几个上海人，会时常想念淀山湖，为淀山湖感到自豪的？

还有人说，古往今来，多少文人墨客在西湖留下了一首又一首的诗歌，淀山湖虽有诗文歌颂，但能和西湖的诗歌相比吗？西湖有风月，淀山湖似乎没有令人难忘的风月可言。更何况，西湖边上有过多少名人故居。一处故居，就有一处"说来话长"的传说，淀山湖与之相比，简直不可相提并论。

是啊，一处处故居里的名人故事，为西湖增添了多少色彩。淀山湖缺乏的不是大自然赋予的色彩，而是这些让人心向往之的色彩。看来，和西湖相比，淀山湖的短板是很明显的。

那么，是不是因为这些短板，淀山湖就要甘于无名呢？热衷前往全国各地乃至世界各国旅游的上海人，就让淀山湖这么静静地躺在大都市边上，像以往一样，落后于西湖一大截吗？我把心中的困惑写出来，所有的上海人都来想想高招，改变这一现状吧。

消失了的社会现象

上海开埠以来，曾经有过很多上海人司空见惯了的社会现象，比如老虎灶、老虎塌车、黄包车、三轮车，上档次的弄堂口站立的"红头阿三"、"长衫"、"二房东"，还有中老年上海人时常提及的棚户区……但只要静下心来凝神一想，每一个上了年纪的上海人都会如梦初醒般惊觉：这些现象再也看不到了。

不得不承认，有很多上海特有的社会现象，在我们眼前慢慢消失了。记得在《上海传》一书中，我收录进两篇小文，一篇是《上海：正在淡出的……》，一篇是《上海：演变中的……》。但无论是演变中的还是淡出的，多少还有些余韵，还能在上海的某个角落偶然遇见。而消失了的，则是永远地消逝，连影踪也难觅。

消失了的"红头阿三"和"白俄"

记得 30 多年前，我在出访途中经过香港。当时，我陪着延边朝鲜族长鼓舞演员许淑逛街。她普通话不太好，在中国青年文艺代表团中，是个舞技出众，但话不多的演员。没想到她对香港商场里的很多物品都感兴趣，30美元的零用钱很快就用完了。随后，她又掏出自带的外币，想让我陪她去兑换港币。

到了银行门口，许淑进去兑换，我则在门口等着。哪晓得她一进大堂，没待上10秒钟，就一阵风般退了出来。我忙问她："怎么了？"

她手指着银行，结结巴巴地说："好吓人，不，不信你去看看。"

我被她惊惶失措的神情给弄糊涂了，银行这么安全，能有什么会吓到她？于是我对她说："好，我陪你一起进去。"说着先走了进去。只见大堂里站着一个印度籍保安，个头很高，身材健硕，腰间佩有警棍，目光炯炯，警惕地望着进出银行的每一个人。我瞬间明白，柔弱的许淑，一定是被他的气势和模样吓到了。

跟在我后面进去的许淑只是瞥了眼保安，便立刻头也不回地奔向前台。等她换好港币，出了银行后，问我："你不怕么？"

我笑着回答她："不怕啊。他只是银行的一个保安。"

许淑长叹了一口气，脸上的紧张神色也缓和下来："我刚见到他，乍一看他的样子，就吓到了。"说着她自嘲地笑了，"你不也是第一次来香港么，怎么知道他是保安？"

我告诉她，在20世纪50年代初期，不少弄堂口都有类似的印度保安，当时上海市民习惯称呼他们"红头阿三"，因为他们喜欢在头上扎一块红色的头帕。只是后来，这些印度籍保安离开了上海，取而代之的是服装统一、训练有素的保安队伍。

那时，除了印度人，在我居住的永嘉路上，还有 8 户俄籍人士。上海市民称呼他们为"白俄"。记得其中一户是医生，他还在花园里喂养了一头奶牛。奶牛产的奶除了自家人吃，还售卖给弄堂里外的居民。比我大些的孩子，还和这 8 户俄籍人士的孩子们一起踢过足球。现在的弄堂里，很少再见到白俄的踪迹。

消失的人力车和老虎灶

黄包车是先于三轮车消失的。手拉住两根长长的车杆，拉着客人在马路上飞跑的黄包车，终究是被人视为不平等的现象，故而在 20 世纪 60 年代前，就从上海滩彻底消失了。

而三轮车的车夫在前头骑车，客人坐在后面，其实也是不甚美观的。到了 20 世纪 80 年代，基本上也消失殆尽。前不久，为了发展旅游，市郊一些景点出现过三轮车拉客，目的是让青年一代男女体验一番风情，不仅车子是崭新的，连车夫的衣着打扮，也是一身新的行头。虽然围观者颇多，然真正坐上去体验的却很少，因此不久之后也绝迹了。

比黄包车、三轮车消失更早的，是老虎塌车。那是 种车身更矮的铁架子车，专门用来承载重物。20 世纪 50 年代，上海的马路上还有人用老虎塌车拉货物。一般是一个人在前面佝偻着腰拉，另一个人在后面使劲推，负重的老虎塌车缓缓地在马路上前行。我小时候居住过的弄堂里，住着一个孤身的老汉，身板硬朗，借住的房屋又矮又小。听人说他以前就是专靠出卖劳力拉老虎塌车挣钱度日的，也许正因如此，他一辈子都未成家。

老虎灶也是，哪怕是在上海的远郊，也难觅其身影。记得前些年，我在浙江采风，在一个县城的老街上，意外地见到了老虎灶，顿时倍感亲切。后来，听说七宝老街上建了一家茶馆，我特意去体验过。在茶馆烧水处，我以为可以见到久违的老虎灶，看到的却是两只现代化大锅炉。

这些消失的现象，不应该在人们的记忆中也淡去。

上海话的意味

一尺花园和口袋公园

看到一尺花园的名称，有外地来上海的朋友对我说："一尺花园？一个大汉坐下去都不够，为什么取这么个名字？哗众取宠还是吸引游客？"我想了想对他说："你的这一反映，就是取这么个名字的效果。"朋友不由一怔。我对他讲，既非符合事实，也不为哗众取宠，这只是上海话的弦外之音，字面意思之外的内涵。他说，直统统的上海话，竟然有这么多讲究？明显地不相信。

一尺花园在世博园区里的黄浦江畔草丛旁边。我目测一下，四四方方充其量三分地，只是用一根轻飘飘的彩带围出了它的范围，里面置放了10来张玻璃小圆桌，桌旁有几把轻便折叠椅子。明丽的秋阳之下，有情侣相对而坐啜饮料的，有三口之家的年轻夫妇停着童车休息的，也有老少几代人拼起几张小圆桌谈笑风生喝咖啡吃披萨的。所有的人都十分自在闲适，没有喧嚣的场面，没有争抢位置的事儿发生。我和外地朋友们各自点了杯咖啡，吃着披萨，眺望着黄浦江上的轮船来来往往，足足坐了 3 个多小时，看身旁的客人换了一批又一批，感觉与时常散步的徐家汇公园和上海其他大公园相比，别有一番情趣。没有人对一尺花园这名称大惊小怪，没有见媒体报道过一尺花园。在上海人眼里，这太平常了，它就是个随意坐坐的地方，花儿并不艳丽，人群也不嘈杂，游人熙来攘往。朋友似乎明白了一尺花园的弦外之音，和我信步离开的时候，对我说了两个字："很好。"

口袋公园比起设在世博园区黄浦江畔绿化丛中的一尺花园还要随意且简便。它就是原来每座城市里都有的小小的街心花园、绿化带改造的，甚至连点心、饮料咖啡、利润可观的小蛋糕也不供应，但受到市民们的普遍青睐。他们说，空下来去坐一坐，真是很惬意的。

一尺花园和口袋公园，名不符实，很夸张，却能让人过目不忘。这就是上海语言或者说上海话的言外之意。它让人心中明白，却不怎么能从字面上去解释。

但是，它存在着。

《一天世界》余言

《一天世界》是 2024 年的 9 月 30 日午后送到家来的一本长篇小说。封面上印着我和作者茶羽的名字。茶羽排在前面，我忝列其后。新书在媒体上有报道和简评之后，有熟悉的北方朋友和贵州读者给我发来微信询问。普遍是两个问题：其一，说你是不是介入国际性题材了？这个"一天世界"是啥意思？其二，你当过中国作家协会副主席，这个茶羽是何许人也，排名在你之前。

解释起来不难。"一天世界"，就是一句道道地地、传播甚广的上海话，乃至大部分江浙两省的人都能理解的口语。其意谓一塌糊涂，场面一片混乱，或者是一件好端端的事情办砸了，遍地狼藉。如此种种，都可以用"一天世界"四个字来形容。

《一天世界》这部 30 万字的长篇小说，写的是一个电视剧摄制组里的故事，通过五个主创人员的视角口吻进入叙述。所有来到剧组的人，都说要把它拍成一个精彩的电视剧，结果却因各种各样的欲望，把一部戏拍成了"一天世界"的局面。小说的主要构思执笔都是茶羽，署名他理该排在前面。我只是提炼出了这部长篇小说的象征意义和它触及时弊的一面，那就是印在扉页上的十个字：剧组小世界，世界大舞台。

《一天世界》是一个剧组的故事，可它岂止是一个剧组的故事啊！它浓缩的内涵远比小说深邃得多。

曾经的流行语

算起来是三四十年前了，上海有三个字的一句流行语：乓乓响。朋友们相见，没说上三句话，就会讲一句："乓乓响！"什么意思呢？就是一个赞美语。这件事办得漂亮，叫"乓乓响！"这个人今天的衣服穿得笔挺，也叫"乓乓响!"。骑自行车的姿势潇洒，那肯定是"乓乓响!"。今天食堂里的菜肴丰盛味美，更是"乓乓响!"……总而言之，只要是你心中想要赞美啥，来一句"乓乓响!"总不会错。

那些年里，我还在贵州工作，难得回一次上海，处处听到这三个字，起先不习惯，没过几天，明白了什么意思，开始忍住了不说，最终还是没有忍耐住，和同学朋友见面聊天时，也会不由自主地来上一句："乓乓响!"

电视剧《繁花》中的主旋律真是烈火烹油、鲜花着锦，"乓乓响!"

一晃三四十年过去了，今天生活在上海的男女老少，没有一个人讲"乓乓响!"三个字了。更年轻一点的土生土长的上海人，甚至连"乓乓响!"三个字是什么意思，也不明白了，甚至会觉得这三个字是在形容声音哩。

同样的情形，发生在各个不同时期的上海人之间。四五十年之前，上海滩针对社会上不三不四、作风放浪的姑娘，有两个字概括：赖三。发展到后来，"赖三"这两个字几乎是对所有看不顺眼的女孩的贬义称呼。以至于两个女孩吵架，也会相互咒骂对方："赖三。"

现在呢？这句流行语在上海的市民群众中再也无人说了。20世纪80年代后期出生的一代上海人，甚至不知道这两个字是什么意思了。

与此相同的还有老上海人耳熟能详的"鸭屎臭""闯穷祸"等

流行语，都很少有人讲了。这些似乎流逝于岁月中的流行语虽然如今没有人讲了，但它们也曾经是过去时代社会生活的印迹。这对于研究文学语言的学者乃至作家们来说，还是有必要了解和知晓的。

网络上有人发布了100年前上海的小学堂老师给学生们讲课的视频，那一句一句上海话，对于今天的上海人甚至六七十岁的老上海人，竟然都有一半多听不懂。找来专门研究语音的学者们来听，居然也只能听懂一半！

当然，话分两面说，换句我们愿意听的话：不少"魔都"人为之自傲的上海流行语，不仅能够盛行一时，也有不断迭代和演进的生命力。

没有人会觉得奇怪，没有人会议论你怎么也适应了，都觉得挺自然、很自在的。仿佛生活在上海，做一个上海人，就得是这样子，随大流，讲谁都理解的流行语，和所有的人说一样的话。

消失了的棚户区

棚户区的出现与开埠相关

棚户区的出现，和上海开埠密不可分。开埠之后，西方在上海开设了不少工厂和作坊，同时在街面上开起了经营百货的大小商店。而一些心眼灵活、善于发现商机的中国人，也由此看见了赚钱的门路，开始筹资建厂、开店、开作坊。这些行业需要大量的劳动力，那些从事重体力劳动诸如扛包、敲打、运输的外来户，大多是江浙皖赣的农民。他们本意是来上海讨一口饭吃，有本钱的人，还能在弄堂里借到一个住处，租下一间两间栖身的弄堂房子。

而没有钱的那些人，他们因水灾、旱灾或战祸等原因逃来上海，本就身无分文，只能在城里的荒地、废墟、垃圾堆旁，还有河网密布的沟渠边，捡拾些可以遮风挡雨的材料搭起棚来，以此安身。讲究点的，棚户搭建得还能像个简陋的房子。还有些找不到材料的，于是一批被称为"滚地龙"的棚户出现了。

进入 20 世纪 30 年代，灾祸连连，日本军队在上海烧杀抢掠，无恶不作。飞机轰炸，几乎把华人居住的闸北、南市民房炸成了废墟。无家可归的上海人只能涌进棚户区，搭建简单的棚户住下来。棚户区的面积也进一步扩大。

据统计，到上海解放前，上海市内 100 户以上的棚户区已有 320 多处，共计 13 万间。零落错乱的棚户建筑，有低矮贴着地面的，也有装了楼梯建成二层楼的。按户籍算，约有 18 万户之多。而居住在棚户区的总人数，已达到 100 万人。

以船为家：肇嘉浜的水上棚户区

童年时代我居住的永嘉路，离改造前的肇嘉浜路很近。那时我经常跟比我大几岁的孩子们到肇嘉浜去玩。散发着恶臭的肇嘉浜，还是很多以船为家的穷苦百姓栖身之处。我曾经总认为，肇嘉浜里的木船，会像黄浦江、苏州河上看见的大大小小、形状不一的轮船那样，在台风过后，会沿着涨水后的河浜，开到外面的世界去。

可当我去过几次之后，发现无论是风和日丽的日子，还是大雨之后，肇嘉浜里已经涨起了水，浜里的船，仍一动不动地停在原地。有的船头深陷进岸边的淤泥之中，根本没有开动的意思。

我忍不住问："水都涨起来了，这些船怎么不开啊？"

不料，一个已经读二年级的男孩张嘴就对我骂了起来："笨蛋！他们停在这里，以船为家，是不会开走的！"

我恍然大悟，却又生出更多的问题："他们生活在船上，晚上有电灯吗？船上怎么吃饭啊？"

男孩再次呵斥我："没有电灯，晚上人家可以点蜡烛，要你操心做什么！又不是你住在船上。人家能活下去，自然有人家的办法！"

像是在印证他的话，船头甲板上，一个船民竟然在点火生炉子，看来，是要做饭了。原来，人家真有活下去的办法。

1959 年，肮脏不堪的肇嘉浜被彻底改造，成为上海市区的一条主干道，水上棚户区也彻底走进了历史。

棚户区的历史画上句号

20 世纪 60 年代，我家搬迁至北京路西藏路口附近。听说苏州河北边还有残存的棚户区，我便约了同学一起去看看。同样是棚户区，情况要比当年的肇嘉浜稍好一些。这里的棚户区正准备改造，生活在这里的上海人，已经看见了前景和希望。

到了 20 世纪 80 年代，中央电视台计划将我的《家教》拍摄为电视连续剧，导演蔡晓晴让我看看《家教》写到的棚户区，如今的上海还有没有。我因那时尚在贵州，心里也没底，回上海后赶紧向亲戚朋友打听。姨父兴致勃勃地对我道："听说离中山公园不远的棚户区很快要动迁了，我陪你去看看。"

午后，我们走进了这一片残存在市中心地段的棚户区，还有几十幢棚户仍在那里。不过，好几户土墙上，已经写上了大大的

"拆"字。这也是我最后一次亲身实地走进上海的棚户区。

上海棚户区的彻底消失，则是 20 世纪末的事了。那时候我已调回上海工作，担任了市人大常委会委员。市委、市政府主要领导来给常委会通报市情时，讲到 1999 年 12 月 31 日之前，上海的棚户区，已经从上海市的版图上彻底地消失，画上了句号。

我听后，有种莫名的怅然，但更多的是满心欢喜。

希望评论家直截了当评论我的作品

　　我是一名文学创作者，这一辈子极少写评论，但我很关注文艺评论，与很多评论家是好朋友。我的小说《蹉跎岁月》于1982年被翻拍成电视剧，借助中央电视台的影响力而广为人知。当时还是计划经济年代，中央电视台确定拍摄这部电视剧时，不要制片人到处去找投资，而是电视台自己投入，一心一意要拍好这部剧。

　　那时候，文艺作品都很看重评论。我记得关于《蹉跎岁月》最长的一篇评论《奋进青年的奋进之作——评长篇小说〈蹉跎岁月〉》是仲呈祥写的，在《光明日报》整版发表。当时仲呈祥在四川省文艺理论研究会工作，他来找我，说他不但要评论作品，还要对我进行采访。

　　那个时期，由于我写了几部长篇小说，尤其是《蹉跎岁月》发表和出版后，不断有编辑、记者到我当时生活的贵州猫跳河梯级水电站向我约稿、采访我。猫跳河在贵州很有名，除了河名常会引人发问外，还因为沿着这条河建了6座梯级水电站。每次我都会对来访者解释，贵州乡间把老虎称作大猫，河流名为"猫跳河"，是因为过去两岸丛林里的老虎常跃过水流湍急的河谷。可见建水电站前这里的偏远和荒凉。我的老伴是贵州红枫发电厂的职工，发电厂建了平房给职工住。从屋里推门出去，前门和后门望去都是山。

仲呈祥为了写《蹉跎岁月》的评论，那年春节前来到猫跳河。他从成都飞到贵阳后，隔了一天才有到猫跳河的班车。他一路颠簸而来，和我深入交谈，在当地招待所住了3天。所谓的招待所，实为油毛毡工棚。他返程的路上，碰上山路结冰凌，班车停开，害得他大年三十不得不留在贵州，一个人过了年。我后来读他的来信才知道这件事，又感动又愧疚，由此我和他成为终身的朋友。

一部引人瞩目的作品需要评论家客观中肯的评鉴，我希望评论家直截了当地评论我的作品，有好说好，有坏说坏，明确指出不足之处。而评论家也要有和作家、记者一样的专业精神，不但要深入剖析作品本身，也要对作家有所了解，最好是对作家的创作经历和所思所想有所体悟，当代评论家写当代作家的文学评论，采访作家是有效途径之一。

我再举一个例子。《孽债》出版是1992年，那时可谓长篇小说创作的低谷，不少作家找不到创作的方向，觉得文学的黄金时代已经过去了。相比小说《蹉跎岁月》因电视剧的播出在1983年和1984年印了137万册，《孽债》第一版只印了1万册。记得责任编辑很高兴地给我打电话说，第一版居然卖光了，他们赶紧加印2万册，但卖到1.3万册的时候，销量就不动了。后来上海电视台把这部小说翻拍成同名电视剧，由黄蜀芹导演。《孽债》播出时，巴金先生每天都会看，他告诉我不要放下手中的笔，再写点电视剧剧本。

当时黄蜀芹和我有个约定，我们分别收集关于《孽债》的文艺评论，编剧方面、文学方面的评论由我收集，关于电视剧的评论由剧组收集，然后汇总起来大家碰头、讨论，形成经验。《孽债》播出4个月，我们碰头时共收集到252篇评论文章，大家关注到电视剧播出以后巨大的社会影响，有一部分归功于评论家。但我还是想听到更多的声音，尤其是提建议的评论。我当时是中国作协副主席，我在北京开会的时候好几次说，拜托大家把看到的关于《孽债》的评论反馈给我，我很重视文艺评论。

我还感觉到，文艺评论也有地域特色与流派，就像中国古代文学有南方文学和北方文学之分，当代的文艺评论也有这种特色，北方评论家和南方评论家各有角度和偏爱。对于小说家来说，关注评论家的声音，对自己的创作大有益处，比如陕西作家、评论家阎纲，他见证了中国重要的几个文学时期，并以写评论鼓励作家。

当年，发表在一些重要报纸上的重头评论文章，往往都很有影响力。我在贵州省作协上班时，作协的党组书记就对我说，《蹉跎岁月》小说的影响力出来了，他一直很关注贵州省内外的文艺评论。按照他的说法，重要报纸发表一篇重头评论文章，就意味着作品得到了文学界的承认。当时《贵州日报》发表一篇2000多字的文学评论，在贵州文学界是一件很大的事情，尤其是对青年作家的评论，就相当于文学界开始关注他了。

我始终认为，评判一位中国作家的作品是否有影响力，第一当然是看有没有广泛的读者读这部作品，第二是学界和专业人士对作品的意见。其中评论家的关注和认可，则是鼓励作家坚持创作的动力之一。

春节又来了

2025 年的春节，和刚刚过去的元旦离得特别近。不到一个月的时间。

人们说，现在过春节，年味儿一年比一年淡。如果说当年的全中国百姓都要在春节里穿新衣服，吃大菜，相互走亲访友地拜拜年，恭喜恭喜，当着面说上一串热烈的祝福、祝愿、祝贺的话。现在呢，似乎所有的程序都简化了。团聚吃饭只剩下了一个形式，拜年问候祝福，全由手机代替了。鸣放礼花和鞭炮，在不少城市也受到了限制。春节的长假，纯粹的成了休闲和抓紧时间去旅游一番的时机。而我却觉得，今年的春节非比寻常，更要有一种迎接春天的心情，更得好好地和至爱亲朋挚友们庆贺一番。庆贺 2025 年的春天给全中国百姓带来好运好兆头，迎来一个崭新的好年头。

身为一个作家，虽然年已古稀，到了年终岁末，总要盘点一下，今年出版了几本书，2025 年又有什么新书出版。2024 年出版的几本书，媒体已有报道，我就不重复了。2025 年，除了照例地要编选小散文集之外，作家出版社在新春里推出一套五卷的叶辛长篇小说文集，包括了《蹉跎岁月》《孽债》《魂殇》《婚殇》《恋殇》。虽然说都是重版书，但我还是高兴告诉读者朋友，还是觉得用这五本书迎接新年，也算是可以聊以自慰的。

当然啰，新作我仍然在写，只是进度慢得多了。对于一个年过75 的老人来说，读者朋友们是会谅解的吧。

祝贺 2025 新年快乐！

这样的文思真搅人啊

一

居住在南中国海滨的清水湾公寓 24 楼，坐在客厅望出去，是一眼看不见边的大海，碧波万顷，涛声如潮。尤其是四周安静下来时，那一阵阵有节奏的拍岸的浪涛声，总会吸引我走进宽大的阳台，去眺望雪白的浪花拍击那一湾银色沙滩的景象。这当儿，我总看见防风林带摇曳着，沙滩上时有游人走过来走过去。有人在捡拾鹅卵石，有人在嬉戏，有人只是站立着静观大海。几乎天天如此。

我呢，"居高临下"一眼望得到天边，只喜欢在临近黄昏时去沙滩上欣赏"夕阳无限好，只是近黄昏"的绚丽晚霞。我每天早餐之后习惯品一杯咖啡或普安红茶，开始每天雷打不动的思考和写作。

若是在上海，工作到中午，小说中的或长或短的一节，或者报纸、杂志约的短文，我就写下来了。但是今年不行了，这个时辰也是小孙子最活跃最兴奋的时候。尽管他还不会走路，也不会说话，但仍要缠着我，不是指着窗户要看山脚下的牛儿马儿，就是拿起小小的沙滩铲，小手一扬一扬地要去沙滩玩，再不就是举起双手，明显是要我抱。只要一抱起他来，他那脸上满足的笑容啊，笑得使我把什么事都忘记了。

我每天看着小孙子一天一个样子地长大，时常会想起我的创作。我写下的那些作品，他长大了会要读吗？会怎样看待他的这个爷爷？哎呀，这一辈子起笔写任何一本书，我都没有考虑过这个问题，这下我得把问题想想清楚，再写下一本书了。今年正好又要重新出版《蹉跎岁月》和《孽债》，分别是换过封面之后的第 24 个版本和第 18 个版本。这一次来不及了，不能分别写一篇后记反省反省。待构思新的长篇小说时，我一定得把这个事情想想好。

是啊，随着孩子年龄的增长，我写的那些书，他会一本一本地审视。他会变成青年、中年，也会成为老年人，到那时候他会如何评价我写的这些书？

哦，这念头时常搅得我想入非非、不知所以，我能够补救的，就是写一本新书时，把这件事情想个清楚、想个明白了再动笔。

这样的文思真的很搅人啊。

二

我在 2024 年出版的书中，有一本《爱上荔波》。这是一本山水风情散文，说是 2024 年的版本，其实是一本再版书。2024 年是第二版。第一版是 2021 年出版的，印了 1.3 万册。2021 年是个特殊的年份，不可能做什么新书的推介和宣传。但书还是销售完了。只因荔波是世界文化遗产和世界自然遗产双名片的地方，去那里的游客实在多，大大小小的旅馆，包括布依族、水族、苗族、瑶族老乡在各级政府部门指导下所经营的充满民族特色和风情的民宿，无不宾客盈门。人们游完了一个比一个叹为观止的景点，总有点儿恋恋不舍，除了拍照片和录像，还想留下一些值得纪念的东西，看见我的这本《爱上荔波》，配上的彩色照片又那么美，于是就买上一本带回去。

于是，2024 年，《爱上荔波》第二版推出了。人民文学出版社的责任编辑在编完第一版后，也迫不及待地去荔波欣赏那些美景了。她冒着春夏之交的霏霏细雨游完荔波之后由衷地对我说，真像你书中引用法兰西作家所说的赞语一样：倘若人间真有天堂，那一定是荔波的模样。我看过之后，也有同感。于是我根据她的意见，又调整了更好更出彩的图片，这才有了 2024 年这个版本。现在半年多过去，这 5 000 册书又销售完了。

中年以来，我已经出版了一二十本散文集。一般来说，印个五六千册，多的八九千册、少的才四千册，出版社就会满意地说，不亏本，已经不错了。而《爱上荔波》是个例外。

说老实话，正如我在书中行文时所写的，我希望一两百年后还会有读者喜欢我的《爱上荔波》。就如同在游历过尼亚加拉大瀑布之后，我会特意找出名作家狄更斯写作游览尼亚加拉大瀑布的散文读得津津有味一样。

其实这体现了我写作长篇小说《客过亭》时一样的思想，山坡是主人是客。在美不胜收的山水景观面前，我们所有人不都是过客吗？

三

　　我的中青年时期，尤其是初当专业作家那些年，有感于插队落户当"知青"时的天天出工劳动，从早到晚干着几近原始的粗放农活，想到好不容易当上了专业作家，除了一天三顿饭，其他时间都可以趴在桌子上写作，我就分外珍惜这来之不易的写作条件。况且，我在省城里有了宽敞的四室一厅，有了梦寐以求的书房，还当上了全国人大代表，一切都告诉我，必须双耳不闻窗外事，更加努力地潜心创作。

　　那年头毕竟年轻，吃过早饭，伴着一杯贵州山里的土茶，我的创作思绪特别活跃，文思奔涌而至，写完一本书，几乎不想休息几天，就马不停蹄地往山乡里跑，一边补充更多素材，一边不停地记下采访中的收获。那几年中，我竟然出版了好几本长篇小说，《蹉跎岁月》和《巨澜》就是那几年里写出来的。那些年是我一辈子创作思绪最活跃的时期。

　　后来年事渐长，我担任了一些职务，会议多了，静心写作的时间明显少了。而我创作的思绪，往往在夜里 10 点左右显得分外活泛，念头一个接一个，想着写这本书，又想着写那本书，但是都没有腾出大块写长篇小说的时间。精神上真是难受。怎么办呢？只好挤时间争分夺秒地写！必须坐下来写，如果不写，脑子里想到的一切都会如浮云般流散。于是我坚持着，长篇小说《孽债》和后来的

《华都》都是那段时间写出来的。

跨入晚年的门槛之后，我从岗位上退下来，早餐之后、晚上10点之前，曾经有过的万千思绪，全都不来了。尤其是73岁以后，所有的念想都消失殆尽。只有一个时间段，思绪纷涌不绝，那就是入睡几个小时后醒过来，多半是3个半小时到4个半小时之后，感觉少有的清醒，于是写作的念头又冒出来了，觉得这个可以写一篇，那个也可以写一篇。请注意是一篇而不是一部书、一本长篇小说，只是一篇小文。

有朋友看到2025年我在许多报刊上发表文章，给我发来微信：你不能这样拼命啊，哪有你这么忙不迭地写的？身体是第一位的啊。我得说明一下，这些稿子都是我一觉睡醒后打腹稿后分别写出的。并没有拼命。不让我写，睡醒之后睁着眼睛等天亮，那才真的是难受呢。

现在，依我心思，我恨不得即刻离床走进客厅，伴着南中国海的涛声，把文章写出来。但我忍住了，躺在床上打腹稿。我怕自己一爬起来，开了灯，一家老小都会被惊动得睡不成觉。怪不得老伴要说，只有她知道像我这样的作家是什么怪物。

四

住在南中国海滨，我的脑子里构思着一篇散文：南海时间。我得空就站在阳台上朝着大海眺望。2021年细细观望了一个冬天，

2022 年又接着望。我写出了一个草稿，看看不甚满意，放在外甥女家的抽屉里，一放两年过去了。

2024 年冬月开始，我又住进了外甥女家，还是清晨欣赏大海晨曦里的朝阳，傍晚喜看西边天际美得诱人的晚霞，到了夜间，忍不住面向无边无际黑黝黝的大海，面向海岛上闪闪烁烁的灯光，沉思默想。

构思中的"南海时间"没有写出来，望着大海一天 24 小时变幻无穷的万般模样，却总是冒出和创作有关系的一些想法。尤其是晚间散步归来坐在阳台的椅子上，仍能感受大海的宏阔无边，感受大海上长长短短、大大小小船只来回穿梭般航行的忙碌。况且，再高再大的船驶过，在高楼上望过去，船仍是渺小的。唯有大海，还是那样浩浩茫茫地坦荡。每当这时候，我就会想到那些史诗级的长篇小说，诸如《红楼梦》《战争与和平》《静静的顿河》。但是，正如大海退潮时总能见到一座座各具特色的岛屿那样，还有另外一些长篇小说，它们的篇幅并不很长，却同样能感动人的心灵，笔触直达人的灵魂深处，甚而至于人物的下意识都会让读者暗自愕然和称奇，那也不失为优秀的作品而流芳百世。

透过大海永远在呼吸般的波动涛涌、潮涨潮落，我时常还会想到长篇小说的节奏，有时候会像狂飙巨浪似的令人惊叹，有时候却又如轻波微浪般舒缓有致。更有时仿佛大海深处令人眼花缭乱的海洋世界那样，真是深邃得让人永远看不到尽头。

沉思默想久了，我有时会忍不住问自己，是不是写了一辈子的小说，患上了职业病，有点儿走火入魔了？

跋 许大同画册

孔子曰：君子成人之美。

我引用这句话来作这一篇跋，是想说，许大同抱着十年磨一剑的精神和毅力，辛辛苦苦编撰这一本《中国茅台酒典藏》，所怀的就是君子成人之美的心美。

看到四大本厚若《辞海》《辞源》的典藏版本，不能不让人惊叹和赞叹！一瓶茅台酒，真有那么多的话可说吗？真有那么多的彩色照片可以拍摄出来并留传下去吗？

花一点时间翻阅完这四大本的典藏版，我相信读者自会说，真的是值得编撰这么一套书。

回溯起来，实事求是的说，首先是茅台酒厂（现为茅台集团）成许大同之美。看了这套典藏版的读者知道，正因为当年茅台酒厂的成全，才会有山东济南城里许大同经营多年的茅台酒专卖商店，漂亮、庄重、典雅、大方、气度不凡。而在这一专卖商店几乎成为济南一道景观之后，许大同又带着感恩之心，对于多少年里支持他的茅台酒厂，在茅台的宣传、推介、广而告之·回馈于成人之美的心愿。这真若古人《管子》所言："天地之美生"矣。

和今天我们经常说到的各美其美、美美与共是一个意思。

只因我的命运和贵州、和地处黔北的茅台酒厂结缘了 55 年，又和许大同先生因茅台镇和茅台酒结缘，感谢他对我的信任，既为这一套四卷的典藏巨制写了序，又作了跋。希望所有和中国西南贵州黔北这一片乡土、和遵义仁怀茅台镇及茅台酒有缘的读者朋友，都能喜欢这套典藏版。

言简意赅，文短情长。谨以此志喜也。

49 个小故事

——《心洞》序言

　　相交并保持联系的老同学、老朋友培德，去美国后定居在那里。现在老了，每年春天和秋天，回国探亲并旅游两次。每一次来，我们六个老同学和老朋友，总要在他到上海时小聚两次，一次是他刚到时，另一次是他回去之前。两次相聚，也变成了我们这些上海老友谈笑风生的美好时刻，拖的时间越来越长。培德有个儿子，在纽约的职业是心理医疗师。也是我们通俗讲的心理医生。谈天说地时，他经常会讲起儿子工作中遇到的形形色色、各种各样美国人的故事，听后让人印象深刻。每次听他讲过，我总提议他儿子把这些亲身经历写下来，那会是一件十分有意味的事情。今年秋天，培德又回来了，我问及他，你孩子写了吗？他答："他没这个心思"。停顿一会儿，培德对我说道："其实我知道他是不会写的，一次一次讲给你听，我是希望你这个作家有所感、有所悟，写一点东西，说不定同样会出彩。"

　　我只能无奈一笑道："巧妇难为无米之炊，美国虽然去过几次，但都是浮光掠影，走马观花，不深入的，凭道听途说，写不出像样的东西。我出不起这样的洋相。"为此，我一直感到遗憾。我的另外几位同学与老友，也有同感，觉得这么好的素材，不写可惜了。

培德走之后，我们还在慨叹！

冷不丁地，一本书的清样送到了我的面前。书名《心洞》，写的就是这一题材。我有些欣喜，哇，作者还是个姑娘！

我兴味浓郁地打开读了起来。49 天，49 个小故事，10 多个生活在当代美国的男男女女，人物形象和故事各不相同，展开的是当代社会的众生相。其多维度、多色彩的案例展示，既有结构上的独特性，又有叙述上的节奏感，让读者在跟随一个个心理治疗病例的过程中，逐渐了解这一门技术是怎么回事，从而对全社会存在的心理健康问题产生关注、理解和重视。虽然美国和中国国情不同，但是，最普通的老百姓的生活却有着诸多相似之处，因此，我非常同意几位心理学家的意见，故事虽然发生在我们中国人并不熟悉的旧金山，却具有更广泛的普遍性。《心洞》不仅是心理咨询和心理治疗的重要参考书，也是帮助很多家庭处理亲子关系、夫妻关系，以及职场人士提升情商的优秀读物。

旧金山我去过不止一次，表面上看去，这个城市安定、和谐、风淡云轻、生活安然，读完了《心洞》，我仿佛拂去了旧金山城市表面的雾纱，更进一步地走进了当代旧金山人乃至当代美国人的心灵世界。

人类走进物质丰富的当代社会，基本告别了缺吃少穿的时代。而人们的心灵世界，亦即我们经常提到的当代人的灵魂健康，已经到了全社会都该高度重视的时候。

从这一意义上说，《心洞》诚不失为一本好书，一本及时的书，一本值得重视和推荐给当代读者朋友们的书。

我喜欢《心洞》。

是为序

2024: 腊月的清水湾

2021 年、2022 年的腊月都是在海南陵水县的清水湾度过的。

2023 年的腊月，受山乡里的苗家、布依人家的邀请，去贵州和这两个少数民族老乡同过新年。有朋友约我到清水湾避寒过冬，一起品茗尝酒，坐而论道，纵论上至天文地理、下至鸡毛蒜皮的话题。我分身乏术，只能谢却朋友的邀请。对他说，苗家有斗牛节目，布依老乡请我当月老，故而未能成行。

2024 年的冬月还没过去，我来到了清水湾。两年没来，清水湾的变化之大，让我愕然。

小区和小区之间的那些空地，现在变成了建筑工地。有的正在兴建新的住宅小区，只要望一眼高耸入云的塔吊，就能知道，即将盖起的楼有多高；有的在围栏板上写得清清楚楚，即将竣工的会是规模不小的商务设施。邻居们说，今年腊月，来过冬的人不如去年多。在我的感觉里，比起两三年前，商场里的人流、道上排成长队的车流，都要多得多。在好几个十字路口，都遇上了堵车。

停车场里的车辆，一眼望去看不见边际，一有车位空出来，在停车场内兜着圈子找车位的，马上赶过来停进去。

　　终究是整整两年过去了，不必为清水湾的这点变化吃惊。

　　十几年前参加学习考察时，这一片今天称之为清水湾的空地，还是一眼望出去无边无际的荒地，长满杂草、荆棘和被丢弃的塑料纸、包装袋、废纸板箱，还有醒目的塑料泡沫。那个时候已有陪同的主人介绍，这么一块地方之所以取名为清水湾，是因为在天天经历潮汐的海滩上，有一整片沙滩。这一片沙滩上的细沙，可以和著名的夏威夷沙滩、澳洲的黄金海岸、墨西哥的坎昆媲美，是真正的宝地。经一拨一拨的专家考核论证，清水湾无论是开发上档次的避寒别墅区，还是讲究的住宅，前程都是不可限量的。

　　说老实话，当时面对眼前荒凉的海滩和一望无际的南中国海，我心头还是将信将疑，不敢相信。

　　没想到，别墅成排地建起来了，高楼一幢幢耸立于海天之间，高档的小区一个连接着一个，无论是林荫道，还是笔直的环岛公路沿线的一条又一条枝丫般的支路，都让我有瞠目结舌之感。

　　从这一思路去理解，今天我在清水湾感觉到的，和两年之前不同的对比，应该也属于正常的了。

　　就在写下这篇小文的夜晚九点十分，我透过窗户望出去，黝黑的海面上时有轮船在航行，海岸直接延伸到不高的山坡，真正是一片万家灯火的景象。灯火密集得数不清之处，不是新开的集市，就是游客们蜂拥而至的娱乐场所。

　　哦，2024年腊月间的清水湾，似乎是在预示着离得不远的春节，会比往常更为热闹和喧嚣。

　　对于喜欢热闹的老百姓而言，这应该是一件值得高兴的事！

清水湾的晚霞

清水湾的晚霞是迷人的。

哦不，仅仅以迷人两个字，形容清水湾的晚霞，似乎不够，远远不够。

一过了深秋，人们就从全国各地涌来。坐火车，坐轮船，坐飞机直达。越是临近春节，来的人越多。以至于节前想方设法要赶过来的机票，涨到了天价。随之，节后离去的机票，也跟着水涨船高。人们都奔海南温暖的气候而来，都奔着这叫清水湾的海滨而来。

这地方宣传得不多，记得中央电视台曾晃过一个镜头，镜头里的海滨浴场，煮饺子一般挤满了洗海水澡的游客。主持人在呼吁，别再涌过去了，宾馆里已不再有空余的客房，即使豪华套间，溢价数倍，仍然争抢出纠纷来。人们都是奔着家人团圆、奔着度假去的、奔着美不胜收的清水湾而去的。

只因清水湾的避寒名声，经过口口相传，已经使得蜂拥而来的游客人数，大大地超越了它已有的接待能力。

争相跳进滚沸的饺子锅儿般浑浊的海水中，暖和是暖和了，尽兴据说也是尽兴了，但毕竟是有几分遗憾的。挤在人堆里，踩在脚印零乱的沙滩上，是没有多少余兴欣赏清水湾的晚霞的，况且晚霞往往远在天边，而且一瞬即逝。

我作为一个远客故地重游地走进世界清水湾的海天之间。

说是故地重游，讲的是 10 多年前，这一片 12 公里的清水湾海滨，当初开发时，我来小住过几个月。那时忙着参观，忙着听介绍和游览规划中的景点及视察初建成的宾馆设施，无暇静静地坐在海边，欣赏旭日东升时的景象，更没有时间徜徉在沙滩上，远眺清水湾的晚霞。

这一次我是补课来了，原来决定开发清水湾，是人们发现，这里的沙滩天然地细腻温柔，踩上去足部的感觉特别舒服。原来这一片辽阔的海湾格外吸引耀眼的阳光，虽然同样有风，也会来雨，但风雨和海浪在这里都显得比他处要温存得多。澳大利亚不是有黄金海岸吗？墨西哥湾上不是有坎昆吗？美国不是有闻名世界的夏威夷吗？嗬，来清水湾看看吧，海南陵水的海滨，丝毫不比那些名震遐迩的度假胜地逊色。

清水湾的晚霞，那落日熔金彩霞放光的景色，在每一个黄昏，都会给你带来新的惊喜。

让客人在微风里，在落日的余晖中，尽兴地舒放心情的那一份美好。

最美的南海时分

　　最美的南海时分，就是天蓝蓝海蓝蓝的时候。读者朋友千万不要以为这是海天一色的那个时候。海天一色之时，往往是细雨、云雾、海水、天色混沌一片的阴天里出现的情景。我已经专门写过文章。海天一色这一形容词，只是让一辈子从来没有缘分见过大海的人想入非非，真正的看见了以后，总是会对海天一色的景观大失所望的。

　　我所说的最美的南海时分，是天蓝蓝海蓝蓝的时候，说的是这两种迥然不同的蓝，蓝得美不胜收，蓝得令人难忘和神往，蓝得见到这一景观的人都心旷神怡。蓝得非同一般。

　　这非同一般，从色彩上来讲，是不同的两种蓝。

　　天是蔚蓝色的，蓝得纯净，蓝得明丽，蓝得高阔宏远，无边无际。而且，我特别要说明的是，蓝得一朵白云也不见。我久久地凝视着天色的这一种纯粹到极致的蔚蓝色，总在寻思，从小学生时代就读到的蓝天白云的景色，为什么在南中国海的天空中不见了呢？更让我惊异的是，尽管是一望无际的蔚蓝色，放眼望去，却不显单调而是百看不厌，看个不够。只见这蔚蓝色的天空没有尽头，只觉得这天真是既轻盈又厚重，轻盈得仿佛随随便便一甩手，就能把天幕甩开；厚重得呢，让人不知这天究竟有多高多重？端一把椅子，坐在海边上，能对着这高远蔚蓝的天看上很久很久，不觉得乏味，不觉得单调，只感到看不够，看了还想看。越是看不明白，越是想看出个所以然。这种蔚蓝色的天空是画不出来的，它的美也是只能意会不可言传的。看久了我不断地问自己，自小学生时代就习惯地所说所写的蓝天白云里的白云，到哪里去了呢？我抬着头、转动身子不停地张眼四顾，几乎把目力所能及的四面八方、角角落落都寻觅了，就是不见一朵白云。

蔚蓝色的天空是这样，海蓝蓝又是怎么一回事呢？

我眺望远方，又收回目光看着近处的海面。只见整个海面一片湛蓝湛蓝的。蓝得深沉，蓝得浑厚，蓝得波光粼粼中泛着海水的晶莹和靓丽。

如果说天蓝蓝是久久地凝然不动的美，那么，大海湛蓝湛蓝的美是灵动的、变幻莫测的、千变万化的。故而显得分外的深邃，分外地充满活力。哪怕海面上感觉不到一点儿轻风，我也会清晰地看到海面上的轻涛细浪，这时候，我情不自禁的触摸到了湛蓝大海洋生命的脉搏，我的眼前会幻化出电影里看到的眼花缭乱的海底世界，会联想到聪明的人类建在太平洋、大西洋、印度洋海滨的很多很多"海洋世界"。

光辉灿烂的太阳将它那倾泻不尽的光芒挥洒在湛蓝湛蓝的海面上，看吧，湛蓝的海面上会随着永在波动的海水闪耀着闪烁金光银光的斑点和让人不得不感慨系之的美感。

　　这个时候，如若有一艘快艇响着马达疾驰而过，湛蓝湛蓝的海面上就会划过一道雪白浪花溅起的轻涛。有风儿不知不觉拂过海面，湛蓝湛蓝的海面上就会呼吸般出现一道又一道划痕，让人惊叹海洋无穷无尽的美丽画卷。

　　哦，天蓝蓝海蓝蓝，在天的尽头和海岸线的尽头，就会分明看见两种不同的蓝色之差别！这真是难逢难遇的景观。有时候，这种景观会在晴天丽日之下维持一二个时辰。而更多的时候，这一景观是转瞬即逝的。它让人不由自主想到，人生的有一些机遇，往往也是这样。

　　天蓝蓝海蓝蓝，见过之后永难忘记的南中国海美景。

清水湾的黎明

　　清水湾在海南岛的陵水县。陵水临水，我猜想：陵水县地名的由来，就是因为它所在的大片土地面朝着温暖如春的南海吧。

　　如果我这猜想有几分道理，那么我近年冬腊月间来旅居的清水湾，其地名的由来，也是因为清水湾的海水分外的清澈澄明。光着脚踩在拍岸的海水中，白皙脚背上的一切都看得清清楚楚。

　　每次来清水湾，我都居住在外甥女家24层高的楼房里，天天清晨起床站在宽敞的阳台上放眼望去，整个清水湾的海面和湾里的沙滩、海浪、防风林及小区里所有的房子，都历历在目。给我印象最深最强烈的是，黎明时分的清水湾，浩浩茫茫、无边无际的大海，如同从沉睡中苏醒过来一般，那真是亦梦亦幻、气象万千、瞬息万变的景象。

　　最为多见的是风和日丽、阳光灿烂的日子里，我只觉得大海似乎是想要翻身般，鼓起它那硕大无比的身躯，眼看着翻腾起来了，却又渐渐地退缩下去。而恰恰是在这个过程中，浩瀚无垠的海水在晨曦中变幻着它奇妙得难以形容的色彩。惟有一点是明确无误的，那就是大海的东面，霞光万道、华彩无比的光线，似有一双无形的巨掌在挥洒，把拂晓时分的荣耀倾泻在海面上。我只觉得，大海在这当儿，长吁短叹似地呼吸着，缓缓地苏醒了过来。遂尔，光辉璀璨的太阳以我毫无防备之势跃出了海面。哦，那真是令人难忘和欣喜若狂的瞬间！

无数人以他们的感受和体会描绘过海边的日出，我天天站在阳台上欣赏着这一美妙的时刻，一会儿拿这一景观和晚霞做对比，一会儿寻思着为什么我每天看到的清水湾的黎明色彩都不一样。百看不厌，喜不自胜。想得久了，我终于明白，原来日出东方、朝霞辉映的那一刻，大海的波动起伏是不一样的，潮涨潮落的节奏是不一样的，潮汐翻滚而来的脚步也是不一样的。更主要的是，虽然都是黎明时分，但每一天的时辰同样是不一样的。

随着清水湾黎明的到来，远远近近的沙滩上开始有了欢声笑语，有了一天比一天早的赶海人。除了短期的游客和冬天来这里避寒的朋友，还有勤劳的渔民。我眺望色彩斑斓的海面，总能看到他们驾着或大或小的船儿往大海的远处而去。他们有的是去清水湾的岛屿边收获渔网里的鱼虾海蟹，有的是直接到海洋中去捕网抓鱼。这会儿，无论是慢慢划远而去的小船，还是鼓起云帆的大船，都给我一种蓬蓬勃勃的坐气感，给我一种诗情画意。

清水湾的黎明时分，不尽全是晴天丽日，和所有地方的气候一样，清水湾也有阴天和雨天，但是阴天和雨天是不多的。极偶然的，也有狂风怒号、暴雨倾盆的黎明，那真的是另一番景象。我印象最深的，真正海天一色的景致，是在雨雾天里见到的。除了朦朦胧胧，还是朦朦胧胧，没有我熟悉的云贵高原大山里常见的云雾缭绕的景色美丽。还有一个感觉，那就是碰到了大雨如注的清晨，我会比以往任何时候感觉到大海胸怀的博大和宽广。哪怕再大的雨势，落进波涛汹涌的清水湾海面上，都在顷刻间消失殆尽，寻觅不着影踪。

马路荡到外国去

　　这是一座奥地利的小城林茨，坐落在多瑙河畔。我们的游轮就停泊在河岸边，并且广播里通知。游轮将在半夜的 11 点以后才开船，游客们尽可以在这个时间段内，去参观河岸上的教堂、古堡及古迹，也可以进林茨城里逛逛。感受一下欧洲的当代小城风光。有脚快的游客黄昏之前就去逛了回来，说没啥可观光的，太一般了。故而大多数游客都做了另外的选择。我却相信"欧洲之美在小城"的说法，要趁在夏日的天黑之前，进林茨城里荡一荡马路。

　　进城的路果然不远，正是平时人们惯常说的下班时分，有轨电车的终点站上有人候车，排着的队伍并不长。我不由得想起一个甲子前上海重庆路上的有轨电车。三分钱一张电车票。想必在林茨。车票也不会贵，我和一同散步的妻子都愿意感受一下欧洲小城坐电车的滋味，但等待了一阵，发现间隔时间不长发出的电车上，乘客几乎都满了！想想我们两个悠闲自在的中国人，没事儿挤在一帮奥地利的"下班族"中间，未免有点怪异。于是我们打消了坐有轨电车的主意。决定还是用上海人的老习惯，在林茨荡一次马路。

　　事实证明我们的决定是正确的，一路荡过去，我们荡到了公交车和有轨电车的接驳站。荡了过街天桥，走进了超市、商场，还沿着人行道观光了林茨的市容市貌。像许许多多的欧洲小城一样，这里的市民无论走路、购物、坐车、自驾车都显得从容自在，不慌不忙，使得整个林茨的城市氛围，有一股安详感。每当看到这种情形，我就会想到成熟中产阶级的生活形态。就是这样子的吧。不过，我之所以对林茨印象深刻，主要是这么平静安逸的一座城市，祸害人类的希特勒竟然就是从这里的中学毕业的。我在林茨荡马路时。脑子里始终萦绕着一个念头。安逸的小城林茨，是怎么样培育出希特勒这样一个怪胎来的。

类似林茨这样的城市，在世界各地可以说是比比皆是。

20世纪90年代在加拿大同样的小城彼得蒲罗夫荡马路时，我就有这种感受了。这座只有25万人口的小城，无论是马路、人行道、一幢一幢的住家房子，都像是在公园里一样。走过来走过去，都能看到花花草草收拾的十分洁净的街心花园。陪同我游览的朋友说，多少年来生活在彼得蒲罗夫的市民们，都不知道这座城市里有什么新闻了，外面的世界热热闹闹、纷纷扰扰。但生活在这里的人们始终享受着平静安定惬意无波无澜的生活。似乎人生本就该是在安详的时光里度过的一般。我问这座城市为什么称谓彼得蒲罗夫？陪我的朋友笑了。说大概这是唯·可以说说的话题了。彼得蒲罗夫原先是生活在这座小城的一个青年，二战时他是皇家空军的飞行员，在二战中牺牲了。于是人们就认定他是自有小城以来独一无二的英雄。小城也便以他的名字命名。你如果问他在打击法西斯中有什么英勇的事迹？我只能抱歉讲说不上来。这是真的！

但我爱在林茨、彼得蒲罗夫这样的城市里荡荡马路，感受当代奥地利、加拿大等国家里普通人的生活状态。哪怕只是浮光掠影地荡一荡而已。

观光，观光不就是这么一回事嘛！

在类似的小城里荡马路，给我多少留下一点印象的，还有乌拉圭的首都蒙得维的亚、日本的福岛、墨西哥的瓜达勒哈拉。蒙得维的亚（意为：我看见了一座山）给我印象深刻的是水资源的丰沛。乌拉圭人甚至断言，当人类为水资源而战时，他们就会觉得乌拉圭的重要了！而福岛的博物馆、艺术馆让我感受了东方艺术别样的美。在这样的城市里荡荡马路，自会得到他处不一样的收获。我特别要提一提的是在墨西哥的瓜达勒哈拉荡马路。

在这座城市里的白天和夜晚，我都荡过不止一次马路。但无论是阳光明丽的白天，还是霓虹灯闪烁的夜晚，我在瓜达勒哈拉马路上荡，都仿佛置身于节日的欢乐之中。热情奔放的墨西哥人，好像随身总是带着提琴、长笛，和手风琴，尤其是见到我这个中国人，他们会笑吟吟地围上来边歌边舞边演奏着民族特色浓郁的曲子，让人经历一番，一辈子也难以忘记。

马路荡到外国去，虽然每一座城市都有每一座城市独特的风貌，给我不同的精神享受。但是一一荡过来，我仍然觉得，在上海荡马路，我的精神最为放松，我的感觉最为踏实，我的心态亦最好最愉悦。

果然来了

　　果然来到人世间不久的一天，朋友陈洪正好在我儿子家附近，他去看望了我儿子儿媳和我的孙子叶果然，出来后喜滋滋地给我打了一个电话，说你这孙子真奇妙，他竟然朝着我笑了！看来我今年会有喜事临门了。你想想嘛，这么小的婴儿，笑得那么清晰迷人，我当场就开心得连连道奇啊！祝贺你！祝贺你！喜得如此可爱的小孙孙啊。

　　我也被他的电话逗笑了。不过他说的是真话，我的这个孙子叶果然，不像别的婴儿那样时常哭，相反，他爱笑。所有见过他的人，都会说一句同样的话："你笑起来真可爱！"

　　凡是听说叶果然这个名字的朋友，总会说孙子的名字是你这个作家起的吧，为什么会想到起这么一个让人笑声不绝的名字？

　　我得实事求是地说一句，我是给孙子起了一个名字，但儿子媳妇都不满意，果然这个人人经常使用的词，是他俩综合了我老伴的意见后想出来的。一旦定下来。听说的朋友个个叫好。我自然只得放弃了自己苦思冥想给孙子取的名字。现在天天叫他，越叫越觉得他就该是叶果然。

　　除了爱笑，这孩子还有一个特点，那就是玩着玩着，他会突然沉静下来，脸蛋上出现一股若有所思的神情。引得我们忍不住地问他，果然，你在想什么呢？

　　他当然答不出话来，只是拿一双乌溜溜的大眼睛瞪着我们出神。

　　看着果然一天一天地长大，我们家里平添了许许多多的乐趣和笑声。他笑我跟着笑，他不笑的时候，我也忍不住会看着他笑。那真的是很奇妙的体验。

　　叶果然在长大的过程中，几乎每一天都给我们惊喜。我们一家人的眼睛白天夜间都盯着他，感觉着他一点一滴的变化。他会在床上爬了，他能从床上转到地板上爬了，嗬，他试着站直了身子，摇摇晃晃地朝着我们欢叫。才站直了没几天，他又不满足地迈开了脚，刚刚伸出脚去的时候，当然是不习惯的。不是步子迈得太大，就是脚踢得太重，以至于好多次都一屁股坐在地板上。我心里说，他要学会走路，该有很长一段时间吧？哪晓得，出个差没几天回到家里。他已经摇摆着走得很利落了。老伴对我说："高兴吧，每天家里有个孙子从这间屋走到那间屋，一会儿抓起个盘子在地上打碎了，一会儿把你的书摔在地板上，家里热闹多了！"是啊，总得至少有一双眼睛盯着他，要不，准给你闯个可笑又可气的祸。上海的过来人告诉我们，从一周岁到一岁半的时间段，是孩子最好玩的时候。我理解上海人所告知的好玩这两个字，包含着孩子的可爱、淘气和调皮几层意思罢。

　　是啊，瞅着叶果然的一举一动，一颦一笑，我都觉得他可爱，觉得他一天比一天懂事。有一回，我开会回家晚了，老伴说打一个电话问问吧。话音刚落，果然转身就把奶奶的手机拿过来，递给了奶奶。当我回到家里，老伴把这个细节告诉我时，连我都愕然得说不出话来。要知道，他还不会说话啊！那天，果然的妈妈上班去了，果然的爸爸走得晚些，我抱着他下楼去，当他的爸爸开着车拐出小区、在车里向着他挥手告别时，他举起小手，两只眼睛里淌出了一颗接一颗的泪珠。这眼泪淌得我的心都动了。

　　天气晴朗的日子，我天天抱着他到小区里去，看小河的流水，看小区里时而拍翅飞起来的鸽子和鸟雀，看猫咪在大石头缝隙里钻进钻出，看小区里的邻居遛狗。望着他的脸，我时常要联想很多很多的问题。和我的创作有关的问题，我在《这样的文思真搅人啊》（载《解放日报》2025.2.27）里写过了。这里只讲一点，人们的生命历程，也许真的是如此一代一代延续下去的吧，生生不息，让下一代的子孙们比我们这一代人活得更幸福，更美满！

我写贵州山水

　　1969年的4月2日，天已经黑下来，我和800名上海男女知识青年，坐着火车开进了小小的贵定车站。广播里通知我们中的462名将要去修文县的"知青"下车，吃过一顿以饼充饥的晚饭，我们住进了贵定中学的教室。

　　在排队一路摸黑走进贵定中学时，我只觉得这个县城的四周都是山。晚上躺在课桌椅拼起来的铺位上，我感觉自己迷迷糊糊地睡在大山的怀抱里。4月3日晚上，我们在久长人民公社十字街头的一座茅草盖顶的旅社二楼对付了一晚。4月4日又坐了一段路的卡车后，沿着山间小路走进了我插队落户的寨子。

　　行程匆匆，心急慌忙，一路颠簸，也没工夫和心情去细细观察山乡里的一切。直到在这个叫砂锅寨的村落里住下来，随着老乡们参加集体劳动，才认真地慢慢熟悉山寨的农务、道路、沟渠，还有无穷无尽的、一眼望不到边的座座山峰。说来好笑，好几次我试图站在高一点的地方去数数一共有多少座山，但是试了几次，我无奈地意识到，要想数清楚我生活的地方到底有多少座山，是徒劳的，因为光从一个方向望出去，一直望向目力不逮的山峦边上，阳光照耀之下，还是能看见一座座山的影子。这个时候，我才真正体会到，苍山如海这个词的真正含义。

那些年里，人们只要一提及贵州，任何人都会脱口而出："天无三日晴。"

知识分子这么说，工人这么说，官员也这么讲。弄堂里有文化或没有多少文化的人都这么说。其实，10个人这么说，9个人没有去过贵州，只不过这五个字太好记了，讲起来像顺口溜：天无三日晴，地无三尺平。

后来在贵州山乡里久住下来，才真正领略和体会到了贵州的大山和水的关系。除了老天喜欢下雨、下大雨、落暴雨，随风飘散着细毛雨，还有老乡们所说的那种"长脚雨"，它似乎落得不大也不小，不疾也不慢，这是随着山谷里的风，飘过来飘过去，凉悠悠、湿乎乎的。你以为它要停了，它却仍然在往下落；你以为它下大了，它落到人的脸上，却似乎没甚感觉。

那年头我仍然写日记，特殊年代的关系，我只写气象日记。整天地在脑子里琢磨，怎么来形容天天落的雨。

雨落在山上，在沟沟里汇成水流；水流顺着山坡淌下来，渐渐形成乡里的溪流。溪流里的水在晴天里几乎是无声的，而且清澈澄明，能映出蓝天白云，映照出周边的一座座山。只在雨下得大时，溪流水才会发出响声，那种咕咕噜噜的、哗哗啦啦的响声。

半山坡上响起洒落声，那必然是山泉。从高高的山上直落而下，那又是飞瀑。煞是好看。呼隆隆的似从远方滚动而下，遇到悬崖陡壁直泻而下的，那就是瀑布了。贵州最有名的瀑布是黄果树大瀑布和赤水大瀑布，原来叫作十丈洞的。

瀑布、清泉、溪流、大河，还有江水，都和贵州山地有关系，和贵州山地的气候有关系，和贵州特殊的喀斯特地形有关系，和山里的溶洞、暗河有关系。这种暗河，也是贵州山地的奇妙景象。在偏远山乡，沿着溪流走，走着走着，不知不觉间，刚才还在身旁陪伴你的溪流，忽然不见了。张眼四顾，都不知溪流淌到哪儿去了？每当这时候，当地人就会告诉你，水淌到暗河里去了，没关系的，水在暗河里淌着淌着，不知会在哪个洞口，腾跃而出，流到江里去了。

问是什么江？

南北盘江啊，乌江啊，都柳江啊！别以为这些贵州山地的江和你没关系，细细地追究一下，都柳江、南北盘江的水，最终都流进我们国家的第三大水系——珠江流域去。而乌江水呢，直接就流进长江的上游。

真正和贵州山地的水没关系的，是黄河流域。可是这话仍不能和贵州山地的苗族、布依族老乡们讲，他们会言之凿凿地告诉你，他们的祖先原先就定居在黄河流域，是那里的原住民。只不过，沧海桑田，世事大变，我们迁徙到山里来了……

这是另一篇小文的题目了。总结一句，结合贵州山水间居住的各族老乡，其实是能找出很多话题来说的。

从 1969 到 2024， 55 年的贵州情

写了一小篇《我写贵州山水》，发表在《新民晚报》上，上海的一位读者给我发来一条微信说："看完你写的这篇，我一定一定要再去一次贵州。"

这位读者是个身居要职的女干部，接着她又意犹未尽地补充了一句："叶老师写的不仅是贵州，也是自己的青春呐。"

我久久地凝视着这句话，觉得一下子被她的这句话打动了。我一边发微信向她道谢，一边加了六个字："你真的很敏感。"心里说，她岂止是敏感，看文章的眼光还十分犀利。很少有读者从我写的小散文中读出我的内心。她回了微信解释："我妈妈也是'知青'，到大兴安岭。她也常常说起那里的树木森林、蓝天白云，我觉得应该是一样的道理，她在说她的 16 岁。"

哇，原来是这样！她是从我写贵州山水的文字中，读出了我们这一代人对曾经度过的青春岁月的感情，对青年时代生活过的土地的感情。

似乎是一晃眼的工夫，我和贵州结缘整整 55 年了，半个多世纪的人生，真是有说不尽道不完的话。

2024年春节年初四那天，砂锅寨的杨村长邀请我去他家里过年。他说，叶老师这些年，年年都回贵州来，但大都是夏天来的，冬天从来没有回过砂锅寨。冬天好玩哪，一是农闲时节，二是外出打工的年轻人都回来了，你和他们都可以摆摆龙门阵，听听他们讲打工生活的辛酸、打工的不易。

我让孩子开车，在年初四送我去了小杨家。砂锅寨是我插队落户当"知青"10年7个月的村子。

1969年4月3日的傍晚，在一帮老乡大人娃娃的簇拥下，住进茅草房的情形，仍历历在目。1979年10月31日，我办理了所有的户口迁移手续，把关系转到贵州省作家协会，告别砂锅寨，走上门前坝小山冈，转身凝望这个村落的情形，同样时常涌上我的心头。

转瞬之间，竟然整整55年过去了。小杨村长的父亲，当年也曾是我教过的学生，在他家火炉边坐定下来，不一会儿就围起了团团一屋子的人，年长的农民讲故事，讲我们几个男女青年在砂锅寨生活、劳动的细节；年轻些的农民就讲他们今天的故事——外出打工时难忘的经历、回到山乡的感慨。

镇上正在春节休假的干部闻讯来了，当年和我一起在耕读小学教书的石老师也从砂锅寨下边的大坡脚上来了。石老师今年90岁了，我们挤在一个小小公室里教书时有好些共同语言。但他现在已是高龄老人，我事前给小杨打招呼，不要让他走这么长的山路过来了。但是小杨说，我不跟他说，事后他一定会发脾气，训斥我。不要紧的，我们有年轻人陪着他，并且把他安全送回家中。

于是，吃过晚饭又坚持摆龙门阵，一直聊过了10点后，想到要开车回省城贵阳，还有一个多钟头，我才和砂锅寨的老少乡亲依依惜别。这天夜里，回到我的驻地，已经过了 12 点。

平时到了这个点，我已经睡熟了。但是年初四这天夜里，我睡不着。砂锅寨的 10 年 7 个月插队落户生涯，只是我与贵州结缘的 55 年来的五分之一，也只占了我实际在贵州生活 20 余年中的一半。但是这第一阶段的 10 年 7 个月，让我真正懂得了山乡里的各族农民，懂得了农村，懂得了栖息在这块山地上人们的生活，他们日出而作，日落而息，用勤劳的双手，打发着人间的白天和黑夜。

正是在砂锅寨的劳动、体验、思考和写作，使我在这块土地上成了作家，调进了省作家协会工作，当选为全国人大代表，还当上了文学刊物《山花》主编。这一段人生又让我认识了省城的社会，在人大代表团里，在当选为青联副主席的十多年中，我又认识和接触了各界人士，和他们交朋友、谈家事，并且借着慰问、采访的机会，几乎走遍了贵州全省的山山水水。

直至 1990 年夏日我调回上海，这一阶段可以视作我和贵州亲密接触的日日夜夜，我已习惯了贵州的冬夏春秋，无论是湿冷的冬天，还是温暖的春日，我都觉得生活得安逸自在。

1990 年初秋，由于我母亲患白内障，术后效果不好，双目几近失明，贵州省委省政府领导批准了我调回上海工作的请求。自那时到 2013 年，可以说是我的贵州情的第二阶段。那些年里，我一直记得贵州有位老领导说的话："回到上海，你的生活一定更加安定了，但你要记住，工作的同时，仍然要继续写作，作家是靠作品说话的。"

虽然我对上海新的工作有个适应的过程，但在上班之余，我仍坚持把在贵州开了头的《孽债》写完了，并且陆续完成了其他长篇小说，如《华都》《上海日记》《缠溪之恋》和《问世间情》等作品。在这些作品中，只要写到农村，都会有贵州元素。我在写作中，总会情不自禁地将乡村生活和都市生活相比较。都市生活自然以上海为主，而农村呢，总是会和西南山乡有关，和贵州有关。

还有一件趣事，由于上海市作家协会机关在市中心的一幢名为"爱神花园"的别墅楼里，较为好找，经常有认识和不认识的贵州老乡来找我。门房的一位老同志，也是农场退休的一个领导，给我开玩笑道："要不，我们在作家协会牌子旁边，加一块'贵州第二办事处'的牌子吧。叶老师，来找你的贵州人太多了。"

2013 年末、2014 年初，我从行政岗位上退了下来，空闲的时间多了，几乎年年夏天，我都回贵州度过。一来是参加省里的文学、文化活动；二来爽爽的贵阳能使我静下心来，写作一些新的作品。远的不说，仅 2019 年以来，我就写出了长篇小说《九大寨》《晚秋情事》《魂殇》《婚殇》《恋殇》。这几部书，几乎每一部都是在上海写出了开头部分，遂而到贵州完成的。当然，也有在贵州开了头，后来在上海完成的。

也是在这十几年中，我有意识地走遍了贵州的 9 个市、州、地区。记得 66 岁那年，《人民日报》邀我写一篇新年展望的文章，我写了：66 岁，走过了贵州省里的 66 个县。到今年为止，这数字已经增加到了 79 个。需要说明的是，我讲的到过这个县，指的是在这个县里住定下来，采访过和参观过的县、区、市，如果仅仅是路过，88 个县、区、市我早到过了。

我的身份是小说家。2019 年，新中国成立 70 周年，长篇小说《蹉跎岁月》被评为"新中国 70 年 70 部典藏"；2021 年，长篇小说三部曲《巨澜》被评为中国共产党成立 100 周年"百年百部红旗谱"，誉为红色经典。

实事求是地说，这两部作品的创作，都和贵州有关系。《蹉跎岁月》不用说了，那是根据我在贵州山乡插队落户 10 年 7 个月的生活体验写出来的。《巨澜》三部曲，其知名度不如《蹉跎岁月》和《孽债》。但是，从上世纪 80 年代至今，也曾出版过 6 个版本。每一次再版，无论封面怎么换，内容简介或是提要中，都会重复出版时的这句话："……小说紧扣时代的脉搏，深切地关怀人民的命运……"

55 年过去了，人生不可能有第二个 55 年。近些年来，我来到贵州，目睹了山乡里的巨变，目睹了贵州苗族、布依族、侗族、彝族、水族等少数民族村寨的脱贫攻坚和乡村振兴，由衷地为包括砂锅寨在内的乡村巨变而喜悦和高兴。亲眼看着砂锅寨上近年来在宅基地上新建的三层楼、四层楼，甚至五层楼的房子，走进院坝，遇到当年一起在田坝山坡上劳动的老人含饴弄孙、享受晚年的画面，我几次都在心里问自己：这是真的吗？

是真的，所有我亲眼所见，亲身经历的变化，都是真的，故而有感而发，我写下了共计有 200 多篇和山乡有关的风情散文、民族散文、人文散文、山水散文，出版的散文集也有好几本了。我相信，这些印成书的文字，随着时光的流逝，会是有意义、有价值的。只因这些文字里饱含着我半个世纪以来的贵州情。

贵州真有夜郎村

我写过一篇小文《最后的夜郎遗存》，写的是贵州安顺市辖的紫云县猫营镇附近大山里的一个村庄，这个村庄曾经很偏远、闭塞，不为人所知。现今那里生活着 300 多个自称蒙正苗族人的乡亲。远近的寨邻说他们是真正的夜郎人后裔。夜郎国是中国西南地区由少数民族先民建立的第一个国家，出自司马迁《史记》的成语"夜郎自大"讲的就是国土面积很小的夜郎国国王自以为大的故事。那里的村民说自己是正宗的夜郎国国王竹王的后裔，至今保存着夜郎王的玉玺。

这样的说法被当地的文化学者和民俗专家认可。自从"村村通"在贵州实施、由文旅人士推介后，近些年里，竟有包括老外在内的几万人走进了这个名叫牛角井村的寨子。当时，我在村寨上参加了他们的节庆活动后有所思有所感，写下了一篇小散文。文章在北京的报纸上发表以后，当地的老乡和干部、曾在这块土地上插队的"知青"都很高兴。

却不料，黔北遵义有文人给我打来电话提出意见。那位文人说："叶老师，你怎么可以认定那里就是夜郎遗存呢？我们这里才是啊！遵义市辖的桐梓县离县城 30 多公里，就有一个名副其实的夜郎村嘛！当年，我不是陪同你去过的吗？你忘记了？那地方的人，才是真正的夜郎人啊！"他又说："我记得，我陪你去那一次，快走拢寨子时，迎面遇到几个老乡，你问他们路时，他们异口同声地说自己就是夜郎村的乡亲，还热情地给我们指了路。你当时还疑惑，这些人知不知道'夜郎自大'的成语？他们的神情丝毫没有自卑感啊！"

我怎么会忘记当年的夜郎行呢？桐梓是我喜欢的一个县城，主要是因为县里出过一个人物周西成。他是贵州历史上一个有着传奇色彩的人。40 年前我在贵州省文联主办的《山花》编辑部工作时，问起贵阳市中心喷水池的原地名为啥叫铜像台。编辑部内外好几位年长的老同志都抢着给我介绍，说铜像塑的是贵州民国时期的名人周西成，现在讲的是他是民国时期的桐梓系军阀，当年他可是贵州省主席。可惜在与来犯的滇军打仗时死了……老同志们你一言、我一语，纷纷向我讲起周西成的轶事来，根本刹不了车。因为他们说话声气太大了，把隔壁书协、美协、剧协的人都吸引了过来，纷纭不绝地给我讲了好些周西成为人、判案、打仗时的故事。还有一位老同志直截了当地提议，你是写小说的，如果能把周西成写成一本书，那肯定好看！

这件事，吸引我去遵义时往桐梓跑。到了桐梓县城，除了天天有人眉飞色舞地给我讲周西成，我同时听说了夜郎坡那个地方。联想到"夜郎自大"的故事，我起了好奇心，提议也去那里看看。

不过，当年走马观花地看过夜郎坝之后，我真的没把当代村民视作夜郎人的后裔。我反而觉得，他们的生活形态和民风民俗，和我曾经插队落户当"知青"的砂锅寨和川南乡间相似。

现在经这通电话的提醒，拿夜郎坝和我写过的牛角井村开争，又进入了一个怪圈。

什么怪圈呢？"夜郎自大"这个成语，虽然不能说是褒义词，可在贵州的好些地方，诸如毕节、六盘水、黔西南州等山村里，都会有人认真地对我说我们这里曾经是古代夜郎国的领地，不但有传说故事，还有文物等等，并且要带我去看。碰到这种情况，我往往只能笑笑。记得 20 世纪 80 年代，省里的学术界对此有过一番争论，热闹得不亦乐乎，结果不了了之，以"和稀泥"的方式结束了众人的争执，说凡有根有据言之夜郎的地方，都可能曾是夜郎国的领地。沧海桑田，历史时期不同，夜郎国的范围、都邑几经变化，只有一样可以确认，那就是文字记录下来的，有依据有事实，才能得到认可。

从这个意义上来说，桐梓县的夜郎坝村，在唐贞观十六年（642 年）曾置珍州，珍州下辖有夜郎县，县治所就在夜郎坝。那么，至少可以认定，今天的夜郎村在 1 300 多年前曾经是唐代夜郎国的所在地。而牛角井村还能拿出夜郎王的玉玺来，那么是否可以说，他们的历史更为久远一些，是古夜郎人栖息的地方呢？

贵州其他地方的偏远乡间，也有人说是古夜郎人生活过的地方，有的领我去看一截残破的城垣，有的指着挖开来的屋基，有的遥指山高处的悬崖，都讲是夜郎遗迹。比如说省会贵阳市花溪区有个偏僻的马铃乡，乡间的田坝坡地上产一种名为黑玫瑰的葡萄，村寨上的老乡就说这里的很多村民就是夜郎人的后裔。我听着他们介绍的美丽神话传说，联想到其他地方关于夜郎的话题，忍不住问："这些夜郎人的后裔，和当代也就是今天我们接触到的村民，在生活习俗、人际交往、为人处世上有什么不同吗？"

"那倒没啥区别，说话做事，都和普通的乡间村民一样。不讲出来，那就几乎感觉不到。"给我介绍情况的马铃乡人一脸认真道。是啊！于是我把自己的思考说了出来：关于夜郎人的遗迹和传说也好，诸如夜郎村、夜郎王使用过的玉玺，关于贵州省里苗王的故事、苗王城的修复、布依王的传说也好，还包括彝族的土司城堡、已开发为热门旅游地的安顺屯堡文化集中地……凡此种种，只证明了一点，那就是我们中华民族的 56 个民族都曾经有过悠长的历史和文化遗存，随着历史的长河流传至今，殊途同归，都在以各自灿烂的文化点缀着多姿多彩的中华文化。鲜为人知的夜郎村、夜郎遗存也不例外。而我们要做的，就是把这一切保护好，留给我们的子孙后代。

大花溪，小花溪

在贵州，是没有"大花溪，小花溪"这个说法的，花溪就是花溪，没什么大小之分。

难道还有中花溪？一个贵州人反问我。

我承认，是这么回事。但是大花溪、小花溪，甚至还有中花溪，是我心目中的一个区分法。

40年前的20世纪80年代中期，贵阳机场的航班增加了，到贵州来的外省市客人越来越多。外来客人开会、出公差之余，总想游览一下贵阳附近的风景名胜。那些年里，市区的景点只有黔灵山公园弘福寺、河滨公园，还有位于南郊的溶洞。想游览一下更好的山光水色，贵阳人往往会推荐花溪公园。

那些年里，我在《山花》文学月刊任主编，外省市来了名作家、老编辑，我往往陪同客人们游览化溪公园，在溪畔品一杯茶，上麟山、龟山之巅眺望整个花溪公园的秀丽美景。客人如若时间多些，我还会陪同他们从花溪后门走出去，游览一下英国梧桐林荫密布的"爱情之路"，去参观一下绿树掩映之中的碧云窝别墅及当时颇为神秘的红瓦房、绿瓦房。

客人们往往会在尽情尽兴地游览之后，赞不绝口地说："花溪是个好地方。"我听得出他们不是客套，是由衷道出肺腑之言。我心里却在说，受时间限制，他们游览的不过是花溪公园内外，是小花溪，并不是花溪的全部。

怕客人心中留下遗憾，我没敢介绍花溪公园近处的布依寨风情以及诗情画意更为浓郁的十里河滩景观。那才是陈毅元帅诗中盛赞的"真山真水"啊！

若要说中花溪，在我的心目中，包括花溪河源头的花溪水库、十里河滩的20多里水道，以及花溪河两岸有疏有密的树林、树林草丛边摇曳多姿的花儿，那才是大自然赐给人间的中花溪景观。

然后，有人要问了，大花溪的范围是哪些？

我心目中的大花溪，包括贵阳市花溪区的全部，除了以贵州大学、贵州民族大学为首的高校校园之外，还有景观和花溪公园截然不同的青岩古镇，风情别致的布依"石头寨"镇山村，花溪镇上的十字街。改革开放40多年来，花溪古镇已经不知不觉地由一个传统小镇，变成了今天这样时尚、新颖、繁华、日夜喧闹的现代化城镇。每当夜幕笼罩的时分，璀璨华丽的霓虹灯全亮起来了，花溪镇的市集成了一片灯光的海洋、人流的热潮，各种特色小吃的叫卖声此起彼伏，吸引着全国各地来到这儿的游客。这花溪镇上，还真有些小吃，吃了令人忘不了哩！比如说驰名中外的花溪王记牛肉粉，我带上海的一拨企业家品尝过之后，近10年过去了，他们和我小聚时还会提起，这碗牛肉粉吃过以后忘不了。

我姐姐的女儿从小在贵阳长大，工作以后定居成都。她年年夏季来花溪和我们相聚几天，吃了王记花溪牛肉粉，还要到斜对面的飞碗牛肉粉去吃一趟。当然，她还要我找肠旺面、恋爱豆腐果、米皮等小吃品尝。她说，一年就过这么一次瘾！

其实，好些在贵阳生活过的人，都会用同样的话语向我夸赞花溪，说花溪不但名字好，还真如这个好听的名字一样，好玩、好耍、有好吃的东西，有让人留恋的风光、文化地标与民族风情。

十里河滩边上的麦翁寨，是地地道道的布依古寨。每年六月初六，聚集在麦翁寨的布依族男女老少，从普通百姓到省级领导，都要在颇具特色的布依族歌声和舞蹈中欢度一天。到了晚上，还要举行篝火晚会，让人不忍离去。

大花溪范围内，近十多年来最引人瞩目并吸引海内外专家学者前来研讨、办展的孔学堂，成了当地一个著名的文化地标。以至孔学堂旁边的大成精舍旅社，到了夏季往往一房难求。

在对外介绍今天的花溪时，一定要讲清楚，花溪公园只是小花溪；而游览景点的十里河滩啊、青岩古镇啊、镇山村啊，只是中花溪；真正想要了解花溪全貌，领略整个花溪魅力，客人非得往下来，好好地住几天，才能真正懂得花溪是怎么回事。

有人要问了，真在花溪住下来，有好吃的东西吗？我给你讲个事吧。一位上海女游客，在花溪的青岩古镇上尽兴游览后，当地人让她不要吃午饭，而是品尝一道名为百年糕粑的小吃。吃之前她将信将疑，但真正端起碗吃的时候，忍不住连声道："太好吃了，太好吃了!"不等吃完，她就给上海的父母亲打电话，让他们快买机票飞过来，一起享受花溪美景、品尝百年糕粑。

小花溪很美，大花溪美得能讲出一个又一个让人心动的故事。

最后的夜郎遗存

和贵州结缘的 55 年来，在半个多世纪的岁月里，我几乎走遍了贵州的山山水水。其中，住过一晚的县城，就有 78 个。正如很多贵州人对我说的，贵州是一个多彩的"民族走廊"。可以说，每一个民族村寨，都是一个饶有特点的民族家园。

在这期间，唯有一个问题，始终困扰着我。那就是古代贵州和夜郎国之间的关系。有人对我说，你完全可以对此忽略不计，夜郎国本来就是个子虚乌有的国度，是一些人编出来调侃贵州人的。

但近些年来，对夜郎文化的研究逐渐深入，让我觉得夜郎国又确实是存在过的。连一些省级媒体，乃至中央电视台也有过报道。而且，走遍贵州大地，无论是交通发达的省城贵阳地区，还是离贵阳不算远的安顺市，或者更为出名的遵义市境内，都有偏僻一些的乡镇和村寨，有人对我说，他们这里的哪些地方，都还存有夜郎的遗迹。至于相对更为偏远一些的黔南州、黔东南州、黔西南州、六盘水市、铜仁市、毕节市属的山乡里，提及当地有夜郎遗存的地域就更多了。有的人领我去看出土的陶器、瓷器，有的人让我关注石墩、土堆，还有人把竹、木的乐器陈列出来，或是带我走进静寂到只有鸟语、犬吠的村寨，看穿着少数民族服饰的老人和娃崽的生活方式，更有一些人让我在重新修复的木楼里住上一晚，体验一番古夜郎人的生活形态。但往往都是只见物，几乎没有人坦诚地对我承认，他们就是夜郎人的直属后裔。

只有在我走进一个叫巴躲的村寨时，寨上的村委会主任还有穿着花裙的小姑娘，直截了当地对我道："他们这一整个村寨的300多老老少少，都是夜郎人的后裔。"

和他们坐下对话时，我不断地在内心对自己发问，我这是在和夜郎人的后裔，也就是活生生的夜郎人对话吗？

我昂首张望着这个莽莽大山之中的寨子，又凝神瞅着一个个围拢在我身旁的汉子和姑娘。汉子们的头饰和我不一样，他们有的把头发剃得溜光，只留着头顶心的乌发盘起一个髻。为首的村委会主任穿了一身袍服，用蜡染成了似蓝若青的颜色。他可能是经常接待客人，那一口土音很重的贵州汉话，已经完全可以和我交流。他说，不仅仅他们巴躲小寨子，这周边团转的山山岭岭之间，包含了紫云、镇宁、西秀三个区县的范围，方圆有600平方公里的崇山峻岭中，居住着2.3万多风俗礼仪都和巴躲人相同的苗族同胞。这是依据他们男女间的服饰来定的。可他们中世世代代口口相传下来的，都认定了并坚信自己是夜郎王的后裔。他们还藏着夜郎王印。真正的王印。

就是汉族人说的玉玺。

这不是啥稀奇的事，村委会主任见我一脸愕然的模样，又补充说，远远近近的寨邻乡亲，包括月月拿工资的干部们都晓得。夜郎王就是我们民族的竹王啊！哈哈，看你一脸吃惊的模样。村委会主任大笑着说，"你是大知识分子，你知道'夜郎国'的'夜'字是什么意思吗？"

我连连摆手否认自己是大知识分子，村委会主任误会成我不知"夜"字是什么意思，更放声地笑道："看来，他走到我们夜郎地盘上，还不晓得这'夜'字是啥意思。哈哈哈，跟你讲，听我跟你讲，在我们巴躲人这边，这个'夜'字，就是老的意思，老老少少的老，你听明白了吗？"

他的眼睛睁得很大，目不转睛地盯着我，极力想从我的脸貌眼神中窥探，我是不是听懂了他的话。

不等我点头回话，他又扯大了嗓门道："老是啥意思？和你们汉族解释得不一样，在我们这里，老既是老人，还是酋长，更是长一把白胡子的老汉，是一整个寨子该尊重的人。"他的手做出一副摸着胡子的姿势，一本正经要我盯住他看。

我又是点头又是高声道："我明白了，今天我走进的巴躲小寨，还有这周围团转的山山岭岭里，住着2.3万多个像你们一样的夜郎后裔。"

"对头、对头！"村委会主任显得十分满意，乐呵呵地又提出了新要求："你来之前，上头就有人给我介绍了，你是写文章的人。你今天既然听明白了我的话，你要把我们蒙正巴躲人是夜郎后裔写出文章来，登在报纸上。"

说着，笑容从他的脸上消失，他瞪大了双眼，聚精会神地盯着我。周围围住了我们的男女老少，所有人的目光，都齐刷刷地从不同的角度扫到了我的脸上。

　　我哪里推辞得了。于是，只得当着众人，回答他们："文章我一定写。不过，文章登在了报纸上，你们是不是夜郎后裔，还得由民族民俗专家们最后来认定。"

　　于是，我就写下了这篇小文。

五十五年，结缘砂锅寨

为这个叫砂锅寨的山村，我写过好几篇文章了。

在《初识山寨》里我写到她，是写下青春时期刚到砂锅寨插队落户当"知青"时初次参加农村劳动的那些日日夜夜。

《在砂锅寨的日子》里我写到她，是记叙我整整 10 年 7 个月之久的"知青"生涯，正是在这段漫长而又难忘的日子里，我懂得了山乡农村，熟悉了山地农民日出而作、日落而息的生活节奏，并且认真地把砂锅寨乡间的生活，拿来和我熟悉的上海城市生活作对比。这种有意无意的对比，使得我逐渐习惯了拿两副目光观照中国的现实。受益匪浅。

在《告别砂锅寨》里我又一次写到她，竟然还写下了当时恋恋不舍的离情别绪，而这种离情别绪却又是在匆忙地、赶来赶去地操办具体的调动手续中纠缠的。

砂锅寨呵，这个坐落在修文县、息烽县、开阳县三县交叉地的古老而又年轻的山寨，真的和我的人生、和我的这一辈子，有着说不清道不明而又理还乱的关系。

2024 年的春节，初四那天，我又到了一次砂锅寨，围着炉头，和砂锅寨的老少乡亲，扯着说也说不尽、讲也讲不完的家常话。和我一起坐在火炉边的，有今年 90 岁的乡村小学石老师、石校长。有我当年教过的学生，现在仍然在忙碌的老农夫妇。有更年轻一代的砂锅寨人，有村委会的干部，还有几个娃娃。到告别离去的时候，已是夜里的 10 点多钟，送我到砂锅寨来的也是我的学生，他在贵阳工作，在市中心管着横店影视城。不过他不是我在砂锅寨教过的学生，而是上海大学文学院毕业的学生，把我送回贵阳的住处时，已经过了半夜的 12 点。

为此我很不好意思，一再对他说着抱歉的话。

不料，他笑着说，叶老师，看你和老少贵州乡亲们坐在一起聊家常，说着喂牛、杀猪、栽种庄稼、东家长、西家短的这些话题，我也很有触动，很受教育的。砂锅寨人和你说话，坐在一起吃晚饭，摆家常，讲他们的烦恼和欢乐，完全没有把你当外人，无论老人、妇女和孩子，他们都把你当作自家人在说话，好像你就是村寨上的一个老熟人。你看那个石老师，90 岁了，听说你在寨子上，打着手电筒，从下边那个寨子去走山路上来，我看他腿脚已经有点僵硬了，走路一跛一跛的。

我说是啊，正因为想到他已 90 岁高龄，他的伤脚前几年专程到上海来医过，我让寨邻乡亲们不要告诉他我来了。听村长说，他们特地告知他了，要是瞒着他，事后他会大发脾气，训斥那些村干部。横店影视城的贵州总经理乐呵呵地向我透露。不过你放心，回去时打着手电筒，有年轻人陪着他的。

我不再说话，心里却是莫名地亢奋。是啰，55 年了，从 19 岁到砂锅寨来插队落户的那些情形，怎么还是历历在目地恍若就发生在昨天呢？于是我又写下了这篇小文，我要告诉读者朋友，人生经历过那些日子和岁月，虽然摸不着甚至于转瞬即逝，但是它会留在我们的记忆深处，时不时地会搅动人的心绪。

我就是这样，跨进 75 岁的老年门槛了，砂锅寨上的人和事，仍会时不时浮上心头。

哦，砂锅寨在我的梦里，也在我的心里。

苗寨洞口

洞口是高坡苗族乡镇的一个村寨，属于贵州省贵阳市花溪区的高坡乡。

顾名思义，洞口村的十几个自然寨子都坐落在高坡上。

在贵阳省城里，高坡很出名。一来是它要比贵阳的海拔高，二来是历朝历代的高坡都以贫穷闭塞而闻名。

贵阳人一讲扶贫，开口就会说到高坡。

可这几年，高坡的口碑完全变了。游客到著名的旅游景点花溪玩，玩得还不尽兴，有人就会说，你要有时间，就上高坡去玩吧，到了洞口就会有感觉。

这话是什么意思呢？

那就是告诉你，洞口苗乡也吃上了"旅游饭"。花溪是个好名字，难得来到贵州的客人，再没时间，也会有人建议你，时间再紧，花溪你该去看一看，走一走。那可是一个既有历史、又有人文，还有民族风情的地方，花半天游玩就够了。

所谓历史，指的是20世纪三四十年代抗战时期，沿海大城市的一大批不甘心当亡国奴的文化人，背井离乡，跟着国民政府一路来到大西南，除了在重庆、昆明、成都栖身，还有不少人栖居贵阳。画家徐悲鸿居住在贵阳，捐画给国家，用来买飞机抗战，同时，他也在这段时间里定格了他和廖静文的爱情；巴金先生就是在花溪和萧珊缔结了婚姻，他们结婚的那幢房子"花溪小憩"如今仍旧在呢。花溪风光秀美，是文人们时常前来散步和聊天、纵谈国是的地方。久而久之，就成了有名的公园。

花溪美，美在花溪的水。花溪两岸定居的苗族，因他们穿着的漂亮服饰，被称为花苗。故而，这一股世世代代养育花苗的水，就被称为花溪。近百年来，花溪两岸栽满了各种树枝苗木和各式花朵，一年四季，花开花谢不绝，凋谢零落到溪水中的花瓣儿，更给这股清澈见底、时有鱼儿嬉戏的溪水增添了几分诗意，花溪更成了名副其实的"花溪"。

花溪的名声越来越大，同在花溪地域的高坡也跟着出了名。

我年轻时高坡出名，是因它的贫穷。今天的高坡出名，是在发展旅游之路上，高坡的民族风情闻名遐迩。

而洞口苗寨是人们沿着山路到高坡去，见到的第一个苗族村寨。

洞口苗寨有十几个自然村落，沿着高坡陡峭的山势，一路在半坡稍显平缓之处坐落。

苗寨今天的日子好过了，我青春时期见过的茅草屋、砖瓦房都看不见了。站在高高的山坡上，放眼望去，苗族乡亲们建造的二层楼、三层楼甚至四层楼的房子，鳞次栉比地沿着山势醒目地站立在那里，有的凸显苗族的风格，有的和大城市里的时尚建筑可以一比。

我问村长，过去这里穷，现在一路上见到不少民宿、饭店、小吃摊，半坡上还有帐篷和不少旅游设施，老百姓的日子过得怎么样？

贫穷的标签早就撕下了。村长用非常有把握的语气道，这几天你住在这里，不消我陪，一户户人家，你随便都可以走进去，不论老人、娃崽、妇女、男子，你都可以同他们搭话，问问他们日子过得怎么样。

问过了，他们对我说，吃饭穿衣，在我们洞口，都不在话下。

村长问我："你问过他们具体收入了吗？"

我说问了，还问他们靠什么赚钱，他们一一都答了。

村长又问："他们说了多少收入吗？比如那一家，你问了吗？"村长把手指向一户转弯处的二层楼，是专门烫米粉卖的铺子，"这家你问了吗？"

我说，他们家答，每年烫米粉卖，有 20 多万的收入。

村长笑了，道："他们那是怕露富，去年年底村里让我报村名收入，白纸黑字，他们家填的还是 35 万哩！"

我不由怔住，说："我又不向他借钱，他们为啥往少里讲？"村长指指自己说，怪我怪我，腊月下旬区长打电话下来，说春节里你要到洞口苗寨上来，她怕过节街上店铺都歇业，给我打电话，让我找一家干净点的苗族老乡，吃一顿午饭。我就在群众会上讲了，说不管哪家接待你，都得讲实话，一是一，二是二，不得玩虚的。我还把你的身份讲了讲，说你是写文章的。卖米粉那家一看你模样，就猜出你身份了，把收入往少里说。20多万，哄鬼去，就是他们家给村里报的35万，洞口村的老乡都说报少了。叶老师，想想，烫米粉卖，旺季、淡季扯平了说，他们家那个铺面每月可以赚多少？

我想不出来，只得摇头，追着问："多少？"

"10万。"村长斩钉截铁地说，只少不虚。我大为惊讶："照你这么讲，这家米粉店，一年可以做到120万啰！"

"那还用说。"村长笑道："要不，怎么会说，我们洞口苗寨吃上了'旅游饭'，一步迈在乡村振兴道上名列前茅呢！"

我顺着村长的目光眺望着冬日暖阳之下洞口苗寨远远近近的树林、田坝和村舍，看到一股清泉般的溪水蜿蜒地流淌而来，水面上闪烁着碎银子般的光斑光点，外出打工回来当上村长的苗家汉子似乎洞悉了我的心事，主动给我介绍："叶老师，看到这股水了吗？洞口村的名字就是由这股水而来。相传，洞口苗家的祖先迁徙到这里，看到洞子里冒出的这股好水，又察看了团转的山山岭岭，决定在这里定居下来。你看看，就是这股水，养活了我们这十几个村寨上的苗家儿女啊！"

村长的话令我浮想联翩，是啊，岂止是花溪的苗家，中华民族不都是从长长的路上走来，走到今天的嘛。

再说夜郎

写了几篇和夜郎有关系的文字了。《又说夜郎》发表以后，我觉得话题讲得差不多了，可以告一段落。哪晓得还有人对此感兴趣。况且这一次感兴趣的是中小学里的同学，至今保持联系的60多年知根知底的老友。针对他们的疑惑，考虑了几天，我决定写下这一篇：再说夜郎。

我得讲一句老实话，世人知晓夜郎，大多数都是因为那句成语：夜郎自大。我也是同样。55年前从上海到贵州插队落户当"知青"时，只知道夜郎自大和贵州有关系。至于怎么一个关系，一点也不晓得。问过老乡，有的老乡蛮有把握地回答："贵州古时候曾经叫过夜郎。"但也有老乡干脆答复，不知道。个别有点文墨的贵州人，则说这是文人编造出来的。到了20世纪80年代，省城里颇有份量的文化人，推心置腹地对我道，子虚乌有，你千万不要相信。弄得我也不晓得说什么才好。

又是半个多世纪过去了，西南诸省的文化学者们联合高校，就新发现的史料及文献，围供夜郎的题目开过几次会，逐渐在争论中达成了一些共识，形成了不少有价值的学术论著。到今天为止，有些模糊不清的概念，至少是搞清楚了。

第一，在中国漫长的历史长河中，确实存在过一个夜郎国。贵州流传至今的古歌中，朗朗上口地唱：

> 夜郎山啊夜郎山，
>
> 夜郎山上好茶山。

还有：

> 唱歌要唱夜郎歌，
>
> 栽树栽在夜郎坡。
>
> 夜郎茶树长得高，
>
> 夜郎茶叶好味道。

不仅仅明确唱到了夜郎山，还把山上产的茶叶也唱了出来。

不要小看这些古歌啊！改革开放以来人们基于这些古歌中唱的内容，深入考察钻研，终于经科学论证，认定了贵州的普安县和晴隆县交界处的大山深处，发现的四球古茶树化石，证明了 164 万年之前，这一片山岭就是中国的茶源地。

第二，初步认定了属于贵州省的一长溜山地是古代夜郎国的范围。甚至延伸至云南、广西的腹地。是一大片民风民俗民情相同的族群。

第三，夜郎国存在的时间，不长不短地有 300 来年。其对应的是中华民族的汉代。对比我们时常所说的"唐宋元明清，从古说到今"，夜郎国存在的时间段，也不能说短。

那么，正如我几位老同学所问的，夜郎国为什么会湮灭在历史的尘埃里，连痕迹也难寻呢？

梳理分析以后，原因逐一被找出来了。有不断地在战争中死亡，有民族的融合和迁徙，以至古代称之为濮人的民族，逐渐被称为夷人、僚人、仲家、布依……更有学者考证，今天的布依族，就是濮越两字译转成汉语时近音词。

围炉煮茶迎春天

今年的春节在 1 月 29 日，按中国的传统农历算，是在立春之前。另外一个说法，讲今年的春节没有年三十，只有农历的二十九。其实老百姓一般不会这么刻板地抠字眼。没有年三十，二十九就当成除夕。这之前的两三天，恰好我在贵州参加网信办全省性的年会，惠水县的好花红书院就留我多住一天。他们说："叶老师，近十几年来，你时常回贵州，但是冬天来得少，春节期间来得更少，今年我们欢迎你来和布依族老乡一起过个年，围炉煮茶迎春天。"

好几位退下来的省领导，都会过来和你一起按照我们布依族的传统，骑红马，喝米酒，打粑粑，品尝新鲜的年猪，吃上一顿年夜饭。我自然也很愿意和他们一起在好花红书院的院坝里参加这一活动。

我欣然答应下来，还有一个原因。那就是去年的元旦、春节我也是在贵州的山乡里度过的。元旦是走进了大雪包裹成的冰雪世界的梵净山过的；而春节呢，则是既参加了高坡苗乡的斗牛，又去了插队落户当"知青" 10 年的砂锅寨，和老少乡亲们在一起，围炉煮茶共话昨天和今天。今年的春节在惠水好花红书院过，恰好亲身体验一下今天的布依族人是如何过节的，拿来和去年苗家寨上的节日作一点对比。对于一个小说家来说，这样的机会，也是难逢难遇的！

围炉煮茶迎春天，谈笑风生话新年。这是多么好的布依族农家风情，这是多么欢乐的喜庆场面，这是笑声不绝、歌声此起彼伏的热闹喧哗的堂屋厢房美景。至爱亲朋，老友新交，人人的脸上挂着灿烂的笑容，由于或多或少喝了点米酒，又加兴奋和亢奋，每一个人的脸色都映得红彤彤的。

到哪里去找这么欢欣鼓舞的地方啊！

我留神地观察到，火塘中燃烧的通红的木炭，和当年直接燃烧气味浓烈的煤炭不一样，这是加工过的没有异味的生态炭。铁架子吊起的鼎罐里的茶水，烧得噗噗作响，茶香弥漫在布依族木楼中，充满了温馨和温暖如春的气息。天气预报虽然报到了黔南惠水县很少有的零度，可所有的参加者都已经感受到了春天的气息。

是啊，这是美丽的涟江边早来的春天的气息。

这是惠水县暖风扑面的春天的气息。

带着美好的心愿和充满了希冀的憧憬举行的围炉煮茶迎春天的活动，一定会给我们带来一个愈加令人欣喜令人鼓舞的 2025 之春。

湄江的春天

　　40 年前，20 世纪 80 年代中期的一个春天，我和贵州省里的几位作家，离开了遵义市区，前往湄潭县。当时被告之，午饭后出发，沿着湄江边的公路走，黄昏时分可以安然抵达湄潭县城。

　　当年的山乡公路正在维修，面包车开得慢。进入湄潭县境时，山啊水啊的风光秀丽起来。一位作家先由衷的道出一句："静静的湄江。"另外一个作家跟着道："风光如诗如画。"第三位随而跟上一句："翠冈的茶园，景色渐入佳境。"

　　第四位年长一些的作家，显然是个茶客，他干脆形容起湄潭的茶叶来，说湄潭的绿茶，清香四溢，喝过之后，滋味令人难忘。是真正的好茶。

　　我唐突地问出一句："和浙江省产的龙井，哪一个更好？"

　　年长的作家道："龙井茶的炒制方法可能比湄潭茶好一些，但湄潭茶叶的质量，我敢赌不输于龙井茶。"

　　那年头我只在口渴时随意泡点茶喝，对茶叶不甚讲究。只因亲戚中时常送碧螺春来，对碧螺春茶情有独钟。话题没有进行下去。只是透过车窗，望着湄江两岸的美景，喃喃自语地道出一句："湄江的春天，真正的是有种欣赏过以后，难以忘怀的感觉。"

从那以后，只要讲起贵州省的美丽风光，除了人们时常讲到的那些耳熟能详的风景名胜，我总要补充一句："还有黔东南雨后的林区和湄江的春日美景。"

近些年来，遵义到湄潭通了高速公路，再也不走湄江沿岸那条弯拐的公路了。我总是觉得有点遗憾，即使从高速公路走，我也总要找个理由，从湄潭的匝道口下来，目的是寻找一下当年的感觉。可惜的是，始终不曾如愿。

近 10 年来，省里面两度聘请我担任贵州省的茶文化大使，得以年年春天到湄潭县里来参加茶博会。不仅了解到了湄潭茶的历史，亲眼目睹了遵义红、湄潭翠芽不仅享誉全省，还传播到了省外的不少省份，而且还饱览了湄潭的茶海及各处山地无限美好的风光。

但让我实事求是的说一句大实话，40 来年前在慢摇摇地沿着湄江边前来时看到的湄江春色，我再也没有见了。

为此，每年到湄潭住下来，在短暂的会议间隙，我总要独自走到湄江边去，问眼前的山山水水也问自己，湄江难以形容的春天景致，躲到哪里去了？

今年收到通知，说还是邀我参加湄潭的茶博会，并要我发言，我同样怀有这样的心愿。

可能正是想得太久了，有一晚从梦境中醒过来，我突发奇想，我们的湄潭县，现在已经是茶叶名县，除了巩固牢遵义红与湄潭翠芽的品牌，还应创见一个高档茶叶的名牌：名字就叫湄江春！

不要忌讳我在这里提高档两个字。

上海现在有 8 000 多家大大小小的咖啡馆，一般的咖啡二三十元一杯，明码标价的高档咖啡达 88 元、100 多元一杯的，我因工作和职业关系，也曾偶尔去品鉴过。让人难以相信的是，这种高档咖啡的座位，事前还必须得预定，贸然地走进去，人家还不接待哩！

这说明，高档的咖啡座，还有点紧俏，有点供不应求。

湄潭县的茶叶有 20 多万亩，完全应在好中选优好中选特的基础上，推出一款高档的湄江春。让人一喝到湄江春，就像看到了湄潭的美丽风光，嗅到湄潭春天的气息，感受到贵州山地乃至祖国大地山、林、水、洞的神奇和奥妙。

哦，我热爱湄江的春天。

我期待明年的这个时候能品尝到一款湄江春茶！

采茶迎新

又是一年隆冬至。又是一年新春到。隆冬和新春，本是两个季节，两种概念。可在隆冬时节，总会让人想起春天。而每一年的元旦，确乎交织了这样的意识。2025 年的元旦，照农历算，还是在腊月间。但它又明确地告诉我们，新年到了，人们又会怀着憧憬和美好的心愿，相互祝愿，相互问候，共祝新的一年到来，但愿新的一年比辞去的一年愈加风调雨顺，五谷丰登，顺风顺水，让人世间的这份日子，过得更安详和幸福。

连续几年了，每一年的这个时节，我都会收到来自贵州黔西南州普安茶乡的邀请，参加省里组织的"贵州绿茶第一采"活动，在离县城不远一个叫茶神谷的温润的满目苍翠的茶坡上，采摘新春里的第一片茶叶嫩芽。

说老实话，开头第一年收到邀请，我心里是直犯嘀咕的：啥子？上海还穿着厚实的羽绒服，刮着西北风，冷得直让人搓手，春茶怎会冒芽？在这之前，我的头脑里只有明前茶、雨前茶的概念，那都是每年三月底四月初才能品鉴到的。就是最早的采茶活动，我也只参加过四川泸州纳溪区茶乡里组织的二月早茶活动。现在竟然要在元旦的早晨就采茶，难道又是一次人为地炒作？故而我提前了四天，在 12 月 28 日就坐飞机飞了过去，要求在 12 月 31 日那天，先到活动现场的茶坡上去看看，并且明确表示了我将信将疑的态度。不料负责一对一接待我的罗立女士说："叶老师，不要等到 31 日了，我现在就陪你去。"我当然兴致勃勃地随她去了。一走进那个自古以来就被当地各族老乡叫茶神谷的地方，我先已相信了一半。为啥？那谷地一大片缓斜到峡谷深处的茶坡上，温暖如春，人的体感也顿时活泛地舒适起来。走上诱人的茶坡，星星点点的，看去那么娇嫩那么茵绿的茶芽尖尖，一芽二芽醒目地呈现在我眼前。哇！原来这茶神谷是千百年来形成的一个特殊的小气候。在这里，春天来得格外早。我不由得脱口而出："真的是茶乡春来早啊！"

这件事是不是可以说，就是在神奇的大自然中，隆冬时节同样蕴含着春天的气息？

2024 年才刚 12 月初，我又收到盛情的邀请了，让我去参加一年一度的"贵州绿茶第一采"活动，以此来辞旧迎新，共同迎接新的一年到来。

让我们共同借助茶神谷最早送出的春天的信息，借着春茶的清香，迎接新年的到来！

怀念龙志毅

　　前年元旦前夕，从省城贵阳传来一条消息，我尊敬的老领导、老作家龙志毅先生不幸辞世。甚感震惊的同时，我不断地问自己，怎么会是这样？人就会这样地撒手而去吗？

　　之所以这么扪心自问，是因为仅仅离其去世的 4 个月之前的 8 月下旬，我还去到他的府上，拜望过他一次，和他相谈甚欢，谈往事，谈文坛上的一些人和事，谈他的长篇小说《政界》的出版和客观社会影响，还谈他近年里不断在各种报纸杂志上发表的各类回忆他人生各个阶段的纪实性的散文。他的思路清晰，反应敏捷，一点儿不像 93 岁的高龄老人。他的两个儿子在我去看他时，都叮嘱过我，说父亲毕竟年纪大了，你把谈话掌握在半个小时之内，我表示完全理解。结果一同他相对而坐，在家陪伴他的儿子就告诉我，听说你要来，他兴奋得午觉都没睡，早早地坐在沙发上等你了。

　　话匣子一打开，话题就收不住了！一谈就谈了一个多小时！

　　这么健康的一个老人，怎么会猝然辞世了呢？我真的有点想不通，感情上也接受不了。

　　在上海市作家协会参与领导工作时，我分管老作家的工作。历史的原因，上海八旬以上的老作家人数分外多。大凡有老作家离世，报纸杂志总要组织一些悼念文章，写下一篇又一篇和老作家交往的悼念文章。我往往总要等到热潮过后，才写一点文字。可这次龙志毅先生辞世，我的心情颇不平静，总感觉要写下一点文字，表达我的感情，同时给关心他的读者和世人留下一点悼念之情。特别是看到叶小文兄几乎是在同时，写下了一篇《说不尽的龙志毅》，我更觉得，自己也要写下一点什么，心里才觉得踏实和合适。

"文字留下的有价值的东西，必会给读者和后人有些启迪。"这是不是一位哲人的语录？

我和龙志毅相识在贵州省文联当时的大会议室里，记得还是《山花》杂志的主编、后来多年任省文联党组书记的胡继汉介绍的。以后的多次交往，主要也是在省作协召集的创作会议上。那时，龙志毅已经在省国防工办、后来的电子厅担任领导，之后不久又当了省委组织部部长、省委副书记，总之，在我的心目中，他虽然也写一点东西，主要仍是一位领导。到省里的有关部门去开会时，我总是见他和其他诸位省领导坐在主席台上。故而作为作家，他到省文联来开会时，我总要走到他身旁，请他到主席台就座。因为他每次来开会，哪怕是省作协召开的会、《山花》杂志召开的会，他都主动坐在下头，有时候是第二排，有时候是第三排。从礼貌出发，我每次都请他上主席台就座，他每次朝我很坚决地一挥手说："我就该坐在这里，这会是以你们为主召开的，你安心坐在上头，我坐下边。"

"这多不好意思！"我抱歉地说，"到省里开会，都是你坐上头，我坐下面听。"

"这是两码事。"他很干脆地说，"你这么来打招呼，不是第一回了。今天我讲清楚了，以后你再不用过来打招呼。"

这是一件小得不能再小的事情，却比我那时开的很多会的内容，都更久地留在我的记忆之中，从而也使我更尊重他。

1990 年，由于我的母亲第二只眼睛又患白内障，而第一只眼睛的医治效果又不好，我再次提出申请调回上海终获同意，那时，我的心情又亢奋又有些惶惑。那天正好在南明河畔散步时，一辆轿车在路边停下来，龙志毅书记从车上下来，一边招呼我，一边挥手让车子回省委。见他这一非同寻常之举，我知道他是有话对我说。于是，我和他沿着刚刚经治理整修过的南明河畔，向省委方向走去。他再一次诚恳地挽留我继续在贵州工作。他说尽管你家里有很具体的情况，但从组织和个人两方面一起想办法，是可以克服的。而从贵州文学的角度讲，你去了以后，确实是会少了一点什么。你是不是再认真地考虑一下。

我很感动。

那个时候，省里已经正式同意放我，上海的有关部门，已经把市人事局正式调我回沪工作的公函寄到我手中，调令上明示：其家人和子女同调。我呢，正在一项一项经办有关具体手续。

没想到龙志毅书记再一次以领导和个人的身份挽留我。由此，我从心底里感到，他是真心地希望我留下来，在贵州工作。

从我申请调动，一直到省里正式同意我调离，前后历经一年多。实事求是地说，从省文联、省委宣传部、省人大、省委省政府的领导，都是衷心挽留我的。但听说我已获准调离时，不少人也是向我表示祝贺的。只有龙志毅书记，在我已开始办手续时，仍以南明河畔散步这一看似偶然的举动，表明了他的心情。

龙志毅同志是一位我尊敬的老领导，也是一位出色的作家。有次回贵州时，我告诉他，在北京的书店里，我看到他在天津百花文艺出版社出版的长篇小说《政界》，已经是第 7 次印刷了。他笑道："你是前两年见的吧，现在已经是第 23 次印刷了。"

我为他高兴和祝贺。8 月下旬那次去拜访他，我们又一次谈起了《政界》，我说这是我读到的你最好的作品，比起那些胡编乱造、隔靴搔痒的所谓"官场小说"，《政界》是一本真正的杰作。

我曾经给过名导演尤小刚一本，他两天就看完了，并且对我说："好书，这才是中国当地官场的写照。"

关于龙志毅书记的人生和他的创作，关于他的为人和所做的工作，省里好多人都会写文章回忆他、怀念他。以后我也还会写，在此我谨记录下从未对他人说过的两三件小事，寄托我的哀思，表达我对他的悼念之情。

十里红妆在五月

　　那一年，在浙江宁海，参加徐霞客开游节。明媚的春光辉耀之下，一队一队展示徐霞客游历过的山水景观的模型，在我们的面前走过。同时，展示每一处徐霞客游历之地特产、特点、特色的队伍载歌载舞地陆续走来，一队比一队好看，一队比一队突出其色彩的艳丽。正看得津津有味，广播里预告：后面正在向我们走来的，是十里红妆的队伍。所有人的目光都投向正在向场内走来的送亲队伍。我心里说，旅游和迎亲送亲这件事有什么关系？不过，既然主办方安排了，也值得一看。送亲的人群，要排成十里之长，该是多么壮观，多么隆重，多么喜庆！只见排在最前面的，是吹奏着高亢的迎庆曲的喇叭队，每一只喇叭上都扎着红色的绸带子，紧跟在后面的，是抬着几乎是红色嫁妆的壮汉，大床帐笼、大衣柜、五斗橱、床边柜、八仙桌、方凳、梳妆台，还有过日子少不了的煤球炉、搓衣板、大大小小的木桶……你能想到的生活用品，应有尽有，全都用红绸、红带、粉红点缀。只觉得眼前晃过的，都是一片红。最让人看得叹为观止的，是被面，各种各样的彩色被面中，突出的还是红绸被面和早生贵子的彩绸缎子被面。长长的队伍一边渐渐行进，一边演绎着婚庆场面中时常出现的谐趣之处，看得人们欢声笑语不绝于耳。

名为十里红妆，队伍实际上当然没有十里之长。但是从头望到尾，这一支模拟的送亲队伍，少说也有 200 米。我已经大大地饱了眼福。像广播喇叭里清晰介绍的，宁波地区在当年，大户人家为姑娘送亲，还真的有十里红妆之举。虽然看到的是节日里的表演，但也真让我开了眼，留下深刻的印象。心里还说，这一类带着古老民俗的婚庆形式，只能是在节日里演演，逗个乐趣罢了。

真正的没有想到，几年以后，一个叫十里红妆的书店到上海来找到我，让我去参加他们组织的读书活动。乍一听十里红妆书店，我还以为是专门销售恋爱、婚姻、家庭类书籍的书店。细听他们介绍下来，才知道并非这么回事，而是一家提倡读书，倡导阅读，并颇有创意的书店。比如书店在"世界读书日"到来之际，设置问答："世界读书日"为什么放在 4 月 23 日等等，以增加知识。活动同时，书店还提供茶水、咖啡，如若在书店里碰到了兴趣相投的读者，还可以坐下来边品茗边交流，像沙龙一样。当我去了以后，嗨，还真是看到了一派读书的景观。走进十里红妆书店的，有老人，有年轻情侣，有职业经理人、白领，当然少不了孩子，还有一帮女企业家。他们全为读书而来，为开拓眼界而来，为遇到心仪的读书朋友而来。

十里红妆书店，成了读书的打卡点。读书成了书店的品牌。我不由得随意地询问在这里碰到的一个医生，他说起先是把大孩子送到这里来，大儿子在这里不仅学到了静心地读书，还学会了朗诵。

往台上一站，台风令人赞叹，他是想来打听，过了 5 月，暑假快到了，十里红妆书店今年暑假里还办不办孩子的读书班，如办，他要把小儿子也送来。旁边一位经理人插话说，我是商人，妻子让我送孩子来读书，开头我觉得很乏味，只是坐在旁边抽烟，喝茶，有一句没一句地听老师讲课，嗨，没有想到，那些请来的老师、教授、专家、学者和名人的讲座，讲得这么有趣，有文化，有趣味。不知不觉地，我成了十里红妆书店的常客，和皓哥、汪姐成了好朋友。

他提到的皓哥和汪姐，是一对夫妇，也是十里红妆书店的创办人和主理人。一旁的女企业家快人快语地说，十里红妆书店，是我们女企业家的聚会之地、读书上课学习之地，也是充电之地。这样的读书才是与时俱进啊。可以说是快乐学习。叶老师，4.23 你讲了课，我们还结合你的新书，在五一节长假的读书会上要展开讨论呢！欢迎你从上海过来参加，告诉你，发言热烈得很，一定不会让你失望。一旁的汪姐指着她道："最积极的是她！她对你书中的有些描写，还有意见哪！是不是？我没有瞎说吧。"书店里响起了一片欢笑声。

噢，真的没想到，当年我在节庆队伍中看到的十里红妆，现在在宁波市里，成了一个文化地标。相信十里红妆书店的五月读书活动，一定会是精彩纷呈的吧。

神话降临人间

看到这篇小文的题目，读者会问，你这是否故弄玄虚。

我得答："不是。"

多少年前，我知道贵州大山深处有这么一处地方，就有人问："你这讲的是神话故事吗？人间哪会有这种地方。"

我把这里人们的生活形态和方式，写进了小说。还有读者对我说，你只不过是小说罢了，多半是你想象的吧。现实中哪会有这样的事。还是不相信。

但是这篇小文，是要告诉读者诸君，传说中的神话（或者说人们感觉中是神话）确实降临到了人间。

这个地方叫巴躲（读朗）在当地少数民族语言中，巴就是最小的意思。

2015 年，贵州省在 12 月底宣告，贵州的 88 个县、区、市统统通了高速公路。在此基础上，每个县又把公路修到了每一个大大小小的村寨上。当地俗称"村村通油路"（意思是村村寨寨无论大小都修通了柏油公路）。

巴躲这小小的苗族村寨，就是在这一基础上陡地出现在世人眼前的。

我在 2023 年最近一次走进巴躲，就是坐着面包车开进去的。

和我年轻时仗着身强力壮，翻山越岭爬得筋疲力尽走进巴躲，感觉完全是恍若隔世般的大不同。那时候，因为太不容易走进这个寨子，心里还真充满了神秘感。这种神秘包含着畏惧、好奇和内心中不断涌出的两个字：原始。

巴躲属于今天的贵州省安顺市紫云县猫营镇牛角井村巴躲村民组。今天喜欢旅游和探险的小青年，开着自驾车，准确地打出了这个地址，就可以走进这一处曾经被人视作神话里才会出现的村寨。

地图上是找不到这个小小的苗族村寨的。在过去，她就是属于我小说中写到的：山也遥远、水也遥远、道路也是十分地遥远的一个村寨。不但外人不易抵达，就是周围团转的村寨，也很少有人到他们那里去。附近镇宁县城、紫云县城里有干部去了一趟巴躲回来，逢人就会道："你知道我这几天去了哪儿？巴躲。""啥子啥子？你去了巴躲！快说说，寨子上的情况怎么样？是不是像人们传说的，有点儿神秘莫测？""那还用说。"去的人那神情仿佛他是到了一趟外国，喝一口水，他往往就会滔滔不绝地讲起自己的见闻。巴躲人的服饰以华丽著称，男子都穿长袍一样的服装；而女子呢，服饰色彩艳丽不算，梳一个头发，靠自己一个人是完不成的，非得有嫂子、婶娘，甚至母亲的帮助才能完成。梳完了头发，那把红色的梳子就插在乌发中间，给长长的乌发起一个支撑作用。把脑壳上的头发向右侧梳成一面飘扬的旗帜形状，既起到了一个装饰作用，也告示任何外来的民族，她们都是"撒苗"崇拜夜郎竹王的后裔，更是一种历史的传承和见证。

我在"撒苗"两个字上加了双引号，是要告诉读者，这是苗族中特殊的一个支系。初到贵州插队当"知青"时，知道贵州是个少数民族众多的省份，有苗族、布依族、彝族、水族、瑶族、仡佬族等等。时间待得长了，了解得也深入了，才知道，都称为苗族，还有白苗、花苗、红苗、黑苗、青苗之分。而即便同为一个黑苗，也有相互之间说话听不懂的。和民族学院的专家们探讨，他们说："这叫有名的苗族分成五大支系，再往下细分，100 种也不止。巴躲的苗族，就是较小的一个支系。整个林寨只有 70 多户人家，老老小小男男女女一起算上，也才 300 多口人。

可别小看这 300 多人啊！他们都自称是最后的夜郎遗存子民。我们这 300 多位"蒙正苗"，是正宗的夜郎王的后代了孙。不少走进巴躲小寨子的专家学者，从他们的服饰、饮食、俚俗、居住的农舍、婚俗、风情、娱乐乃至自古保存下来的夜郎王印，也承认，巴躲的蒙正苗，是夜郎国的最后遗存子民。

这就引起了我的一番思考，在贵州的疆域内，偏远古朴、少为人知的村寨还有很多，不少地方，都说他们是夜郎人的后裔。这究竟是怎么一回事呢？难道夜郎王真的有这么多散落在各地的后裔？

加油和安龙

秋天里，陪老同学老朋友去幼儿园接他的孙子。

幼儿园里正在举行拔河，一声声鼓励的"加油""加油"从孩子们嘴里喊出来，显得清亮悦耳，不大的操场内一片欢腾。

接了小孙子出来，走出宽敞的弄堂时，小家伙突然向他的爷爷提出一个问题："拔河的时候，大家为啥都要叫'加油'啊？"

我的这位相交 60 年的老朋友一时答不出来，转过脸来，把"皮球"踢到了我的身上，说："爷爷答不上来。你问叶爷爷吧，他是写书的。"

小家伙顿时把脸朝着我仰起来，乌溜溜的双眼睁得大大的，问我："叶爷爷，你知道吗？"

我只得老老实实地摊开双手，对这爷孙俩说："加油、加油喊了一辈子，我还真不知道呢。"

没有想到，今年的元旦，应邀到贵州的黔西南州去，走进滇、黔、桂三省区结合部的安龙县，意外地获得了这个问题的答案。

安龙县我去过多次。知道这个近 50 万人口的县，在贵州、在全国属于不大不小的一个县，是首批被命名的历史文化名城。一万多年前，就已有人类在此活动了。万万没有想到，就是这么一个地方，却是"加油"最早让人喊出来的山地。

话得从晚清"四大重臣"之一的张之洞说起。1841年，张之洞的父亲张锳到此任兴义府的知府。张锳不仅是个官员，还是一位有思想、有追求、有抱负的知识分子。来到这道路遥远的黔、桂、滇三省交界之地，他一如既往地像在他处当官时一样，重教兴学。他认为要振兴中华、重振伟业，让中国摆脱积贫积弱，首先得有人才。而要出人才，就得兴教育。他在兴义地方创建了兴义府试院，重建了珠泉书院，"劝捐"倡修册亨书院、普安的盘水书院。

册亨、普安都是兴义府下属的县。为鼓励贫困家庭的孩子潜心读书、刻苦钻研、认真思考，他令府衙里的小吏，挑着一担灯油，晚上在兴义（今安龙县城）的大街小巷里掌灯巡游。看到哪户街坊家里还亮着灯，就敲门进屋，只要见到屋里有人在挑灯夜读，挑着油担子的衙吏便会进屋去，给主人家的灯油瓶子里加满灯油，以此鼓励读书人挑灯夜读，不要担忧灯油会燃尽。

这事儿做过几趟，知府鼓励读书人添加灯油的故事，一传十、十传百地就传开了。一时在百姓中传为佳话，也成为家长们鼓励自己孩子读书的动力。用功读书之风蔚然传遍城乡，一时间，在安龙，在兴义府各县，出现一股旷古未有的兴旺学习景象。尤其是贫困的农家子弟，更是挑灯夜读成风。那些家庭富裕的人家，就更不用说了。"书中自有黄金屋"，读书本就是他们以后博取功名利禄之道啊！

我在安龙著名的荷塘边散步时，夕阳西斜的招堤上，还遇到了两个身着清朝衙吏服装的巡堤人，他俩一人挑担，一人手中也拿着一把油勺。我不由笑问："这是为什么？还要给小学生家里添灯油吗？"说着，顺手打开了桶盖。桶里装的不是油，而是一些芝麻糖、花生糕、饼干、桃酥等零食。我笑问："不加灯油，加的是点心啊！"

一位衙吏打扮的男子笑着告诉我，张锳、张之洞父子鼓励兴义府人添灯油的故事，在我们这里家喻户晓。这会儿不正是周围的中小学放学的时间嘛，我们每天在这时候到招堤上来，一是提醒贪玩的孩子们早点儿回家做作业，给他们送点心；二来呢，招堤国家湿地公园，本就是 4A 级景区，这当儿，又是游客们来得最多的时候，看到我们这身晚清时期的打扮，外来的游客们都会像你一样，来问我们是怎么回事儿，我们也正好宣传了"加油文化"。

好一个"加油文化"！

原来如此，一旁马上有当地人插话："为自己加油，为他人加油，为正从事的事业加油，也是当今需要的啊！"

我当时就想到了上海老同学老朋友那个小孙子，加油、加油的出处，原来是在这儿哩！

不过，兴义府安龙县的"加油文化"，其意义不仅仅只是回答了"加油"两个字的出处，而是有着更为深远的意义。

那是我走过招堤、步上半山亭时，看到亭柱上的一副对联时，联想到的。对联写道：

携酒一壶到此间畅谈风月

极目千里问几辈能挽河山

　　我在对联旁坐下来浮想连翩：1843 年，正是所谓的"五口通商"时期，中国人在洋枪洋炮威逼之下，签署了一系列不平等条约。在如此大形势下，张锳、张之洞父子兴办各种书院，留下广为流传的"加油文化"，其意义是远比这件事令人深思的。

　　加油、加油！我们不仅仅只是在各类比赛中习惯地喊喊而已，而是要脚踏实地地加油干哪！

斗牛汉子王学斌

我是通过苗族妇女罗大妹认识她丈夫王学斌的。

罗大妹和我老伴时常聊天，就在这随意的聊天中，罗大妹显露出对农家的牛特别熟悉，我夫人不由得问她，你怎么会对大水牛这么知根知底的？

罗大妹笑了，说她的丈夫王学斌，深谙喂牛之道，是个专业的斗牛汉子。她热情地发出邀请，请我们老两口去她家玩。顺便看一看高坡苗寨上的斗牛场，还有她家喂养的大牯牛。

原本我就对苗族的斗牛感兴趣，一直想有个机会，深入地采访一下斗牛这个在苗乡普遍的活动，于是就去罗大妹家做了几回客。由此也认识了她的丈夫王学斌。

王学斌是个苗家中年汉子，个头不高，话也不多。在他家坐下来，跟着他分别走到几个牛圈里，看他喂养的几头斗牛，都是我问一句，他答一句，给我的印象是他不善言辞，沉默寡言的。

可是一到了斗牛场上，他就变了一个人，显得生龙活虎，话语也多起来。他喂养斗牛的伙伴，几乎都听他的，喂养的斗牛由他牵着，走进斗牛场。斗牛发起威，奋勇地扑向对方的牛，他就在斗牛场的一边，仔细地察看着。有时候还蹲下身子，观察着斗牛的四蹄。

一场下来，牛斗赢了，他赶紧走上前去，牵起大汗淋漓的斗牛，走出斗牛场，顺手亲昵地抚摸着汗淋淋的牛身子，似提醒般对朋友道，"水"。牛的主人这会儿就像得到命令一般，招呼提着水桶、拿着矿泉水的伙伴，赶紧洗刷斗牛身子，让斗牛咀嚼着喝水。

我在一边看得分明，这一阵儿，王学斌仿佛和他的朋友换了身份，好像他才是真正的牛的主人，而朋友不过是个看斗牛的客人。

事后，我问王学斌，朋友掏几万块钱买来斗牛，怎么完全交给你牵到赛场上斗。

王学斌道："朋友只是喜欢牛，巴望自己的牛夺得冠军，出人头地，扬眉吐气，在苗乡里有个好名声。但他并不真正懂得斗牛的性子和脾气，托到了我，我当然得尽心尽力地帮他。"

2024年春节期间，王学斌帮助朋友的斗牛夺得了全场的第二名。这头牛真的是斗疯了，在把对手斗得落荒而逃时，还在场中央旋转着牛身子寻找对象，恰好王学斌上前去牵牛鼻绳，斗牛一抵脑壳，迎面把王学斌撞倒在地，从王学斌胸膛上踩了一蹄，随后直追那头被它斗败的牛而去。

我在观礼台上看得分明，王学斌翻身而起，死死地拽住了牛鼻绳，把斗红了眼的牛拉了回来。边上几位助手，套住了斗牛的前后蹄，这才把斗牛制服。

站在我身旁观看斗牛的罗大妹长长地吁出一口气说："哎呀！把我都吓到了。"罗大妹女儿也说："好凶险，好凶险！"

　　提笔写这篇小文时，我老伴给罗大妹发去微信，询问胸膛被牛踏了一蹄的王学斌，伤势怎么样了？罗大妹当即发过来一个笑脸，说："谢谢叶老师，没啥，只是擦破点皮。他正在喂斗牛哩。"

又见西山美人坡

4月23日世界读书日，第三届全民阅读大会，这一次安排在云南昆明海埂会堂举行。云南省领导在欢迎致辞中说，大会安排了书房，在海埂大坝上设立了一个又一个书亭、书坊，请来自全国各地的书友们抽空去大坝上走一走、看一看，感受一下海埂的书香。

海埂是云南人的说法，实际就是奔来眼底的滇池之畔。这里历朝历代都是风景名胜之地，如今又添了书香，我当然要去看看。

完成了大会上的演讲任务，我欣然去海埂大坝。

哇，眼前的景象瞬间让我感受到了上海外滩的气象。不同的是，步上黄浦江边的外滩，抬头望去是陆家嘴的楼群，是今天的浦东人乃至上海人引以自豪的"四件套"。而在海埂大坝上呢，阵阵春风送来的花香中，抬头望去，就是西山美人坡！噢，隔着滇池望去，西山美人坡恰似一位躺卧着的美人。

记得，年轻的时候，应邀参加全国的文学评论界盛会，热情的昆明人带我步上旅馆的顶层，远远地指着那时还属昆明郊区的西山，让我远眺美人坡的独特的景观。你看你看，那儿是睡美人的乌发，那里是睡美人的眼睛、鼻梁、嘴巴；尤其是那两座山，你得看仔细了……哇，经昆明文人的一番指点，远远地望去，那一片山岭，活脱脱是一个自在洒脱躺着的美人。

这真是大自然的鬼斧神工。这也真是云贵高原山体的造化。于是我记住了昆明的西山美人坡。每次到昆明来，总要从不同的角度眺望一下，这西山美人坡的自然景观，还在不在？只因为有一次听一位昆明媒体人对我说，修筑高速公路时，要从西山过，要把西山某一段挖开，如此一来，西山美人坡就看不见了！

现在看来，这一设计方案未被采纳，西山美人坡，还是形神兼备地躺在那里。

只是，半个世纪过去了，我从未像这一次，站在海埂边，如此近如此逼真地端详西山美人坡。

什么原因呢？只因滇池遭受的污染太严重，一年四季散发着令人掩鼻的恶臭。

记得有一次，省里的一位作家陪着我驱车去海埂，司机把车窗关得严严的，并叮嘱我，你隔窗看看滇池吧，污染太严重了，那股味道让人受不了。

我隔窗望着滇池遭受污染的水面，只觉得曾经充满诗情画意的滇池，似受了伤一般躺在那里。我不由得问："为什么不治理一下呢？""谈何容易。"省里的作家回答我："估算一下，仅仅消除恶臭的异味，就得 50 亿元！况且，昆明人家家户户的日常生活污水，都仍在往滇池排。一边治理一边继续污染，那就永远解决不了问题。"

我无语。故而这一次，步上书香海埂，名义上是参观大坝上的书报亭，其实心里，我还是想亲眼实地看看今天的滇池，是不是治理得赏心悦目了。

正是春天，云南的太阳又特别好。明媚的春光里，大坝旁随处可见的鲜花开得繁艳艳的，招惹着游人们的眼睛。造型别致的书报亭，一个连接一个，沿着大坝列成一长排。

我径直走到大坝边，望着西山美人坡下的这一片滇池。波光粼粼的水面显示着水质的清澄，微风送过来一阵又一阵花香，曾经令人害怕的恶臭和异味，一点儿也闻不到了。唯独那位睡美人，还是那么安详、那么宁静地睡在那里。

是阳光折射的原因，还是我的心理作用？又见西山睡美人，在游人们的欢声笑语中，在海埂的阵阵花香里，我觉得她的形象更美，也更逼真了。

神曲小七孔

在《爱上荔波》这本书中，我写过一篇《小七孔的喧》。为什么还要写小七孔是神曲呢？

只因这是我在小七孔一段难忘的记忆。

写小七孔的喧声，主要是描绘小七孔桥下的响水河，日夜带给居住在附近的布依、水、苗、瑶各族老乡和今天蜂拥而来的游客们的感觉，清澄如碧的响水河给人的美景。

而称呼小七孔是神曲，具有小夜曲般的悠远和陶醉的美，则是我在黎明时分坐在小七孔边上时独特的感受。

一般的游客，到了世界遗产地，面对一个又一个令人流连忘返的景点，只能无奈地带着赶时间的遗憾，匆促忙乱地赶路，生怕漏下了啥精彩的景点没有见到，也没有留下镜头。

即使在景点附近民宿入住下来的客人，赶早起来后，也不可能找着交通工具在拂晓时分来到小七孔桥边。

而我，早就是荔波各族老乡的朋友了，和这块土地结缘了半个世纪。头天夜里和一个文人说好，他乐呵呵地笑道："叶老师，一言为定，明天一大早，我陪着你悄悄地到小七孔去，感受一下天蒙蒙亮时的小七孔。我有车。"

朋友是个水族知识分子，虽也是文人，却仍不改他那率直爽朗的个性，对我补充道："就我们俩去，我一个伙伴也不喊。"

没想到他说的一大早，竟然是天还没亮呢。

我正在熟睡中，他那辆小车就在我楼下鸣了两声短促的喇叭。

当我坐上他车时，他一边发动车子，一边道："我们悄悄地进去，打枪的不要。从这里开往景区，还得二十几分钟哩！"

果然，车子从山路上直插过去，开到景区门前平时收票的地方时，售票厅、检票口都还没开哩。水族朋友道："他们还没到上班时候呢！我们可以直接进去。"

下车移开了挡道的路障，他还不无乖张地做了一个鬼脸。"出来的时候，我们补票也不迟。县里面给我开了路条，你放心，我们不犯规。"

其实景区负责人我也认识，是个刚毕业不久的大学生，是这边瑶区培养的第一个瑶族女大学生，上大学时，听过我的课。

我们下车来到小七孔桥时，我从睡梦中被喊醒的倦意顿时一扫而光。

天哪！这是我多次在白天里见过的小七孔景区吗？

只见在拂晓时分朦朦胧胧的晨色里，桥孔、桥身覆盖着浓密绿荫的小七孔宛如仙境，响水河面上凝然不动地浮动着白色的雾纱，小七孔桥时隐时现地似在黎明的晓色中穿行。它似乎也有着灵性般从夜的沉睡中苏醒过来。

水族汉子从车子上拿下了摄影器材，一改他那耿直的性格，放

低声音对我说："叶老师，你随意感受，我也要工作了。"说着，走
一旁去选择角度架设他的机器了。

我选中一块不大不小的山石，手一摸，有露水，我掏出几张餐
巾纸抹拭了几下，将就平顺的山石坐了下来。

从小七孔桥两侧的山坡树林里传出一声两声雀儿的啼鸣。

天渐渐亮了，眼前的山色、景物尤其是小七孔桥清晰起来。

我置身于这山野的幽深宁静之中，只有响水河流淌的声音和早
醒鸟儿的鸣声。

我真正地感受到了自然界中"溪声喧亦静"的神妙境界。

噢，我的身畔分明响起了小夜曲的鸣奏声，悠扬、醉然得如诗
如梦。不、不、不！不是一般的小夜曲，而是神曲。

我双手抱膝，坐在石头上，从身心里涌出的神曲似在由一支无
形的乐队演奏。不知为什么，响水河的流水，这当儿显得出奇地温
顺，水面平静、水色如玉，涂抹着一层层绿色的两岸山岭，恰似一
幅巨大的浓郁油画。整个小七孔景区，在我的眼前像煞一只巨型的
盆景。噢，小七孔的美是立体的，那绿色的层次远近高低都不同。
小七孔的美是实实在在的，我本人就置身其中，伸手就可以触摸到
身边的石头、石块、苔藓和河里的水。小七孔的美也是如诗如画
的，都说最美的山水画得留白，待在小七孔桥畔，连留白处也让人
觉得美不胜收。

天色亮堂起来了，不过太阳的光还没有越过周边高耸秀丽的山
峰，小七孔景区的所有色彩都明亮起来了。

我感觉中的神曲，也仿佛在指挥棒无形的挥动之下激越、欢

快、喜悦起来。

不是么，放眼望去，远处响水河的 68 级跌水瀑布群像一条摇摇晃晃、腾跃跳荡的银练般，不息地舞动着。

全世界的瀑布都是从山崖间飞泻而下、直坠河谷的。唯独这 68 级瀑布群，是顺着河谷自高而低躺在溪流中奔腾下来。不知有多少游客在不知不觉间走到了瀑布尽头，又折返回来道："我真不舍得离开这么美的地方，真舍不得！"

每当我听到中外游客对我说出这句话，我就会提醒般对他道："你感觉神曲在演奏么……"

弦歌四季的西江

写过一篇《西江华彩路》，《人民日报》登了；隔开一个月，《贵州日报》又以一个整版的篇幅，配了几张他们报社记者照下的彩色照片，转载了这篇小文。

省里读者读了，说我写的到位。

县里的读者读了，说叶老师你再来我们这里，我们请您吃道地的苗族菜肴，喝米酒。

州里有领导对我说，文化人就是文化人，你看我时常陪方方面面的客人去西江，都写不出这样的文章。

其实写《西江华彩路》，我是在一个苗族小伙的陪伴之下，悄悄去的。苗族小伙子是西江人，我跟他约法三章，不要给旅游公司的领导说我去了，不要给县里的方方面面头头说我去了，只要他一个人陪着我，我去哪里他走到哪里，陪我一起吃饭，晚上给我找个民宿，一般的就行。

我这篇《西江华彩路》，就是在苗族小伙小杨一整天一晚上的陪伴之下完成的。为了核实西江苗寨的居民户数和老少百姓共计多少人，我们一起走进了村委会，查看了具体的户籍。

回到上海，我根据这一整天 26 个小时的采访和感受，写下了这篇文章。

当然不是说我采访的效率高，也不是能写。我和西江苗寨结缘半个世纪了，曾经无数次地来过这里。

不仅看到了西江苗寨的今天，而且知道西江苗寨的昨天、前天，十几年前、50 多年前的西江是什么模样，都还留在我的记忆深处。

是在长期感受的基础上，我才把《西江华彩路》写出来的。

比如说"西江"这两个字，在苗语中是"美女"的意思，很多游玩过西江的客人就不知道。

我自以为这篇文章写得还可以，县里有领导碰到我，还夸耀说："叶老师，你这篇文章，上了《人民日报》，又登《贵州日报》，比我们往常请好多人，编一本书的效果还要好！"

我听了都喜滋滋的。

哪晓得，文章影响大了，离西江很近的朗德苗寨对我有意见了。他们对我说："叶老师，你年轻的时候就来过朗德，我们还留着你来时照的相呢，你怎么不写写我们朗德呢？我们朗德的变化同样很大，旅游客人来得也多啊！"

我只得赔笑脸，无言可答。为啥呢？他们说的是大实话。

其实，不仅仅朗德苗寨，属于黔东南的很多苗寨，我都去过。比如苗家短裙民俗村新桥、比如芦笙之村排卡、谢寨风雨桥、铜鼓村的苗族农民画、苗家温泉村……都是旅游的好景点，都是颇具特色的民族村寨。但是，我实事求是地说一句，西江苗寨，是最为突出、最热闹、外来客人去得最多的苗家村落。

春、夏、秋、冬四季，西江苗寨天天都是欢声笑语、歌舞不绝、人流如潮，这样的盛况，即使拿到全世界面前，都是有一比的。法国巴黎也是游客如潮的地方，巴黎圣母院、卢浮宫，走进去参观得排队，我也曾一一去游过，但是其人流和热闹劲儿，和西江苗寨无法比。前几年的夏天，我在贵阳街上碰到西江苗寨上的一位中学教师，他告诉我，西江苗寨上天天喧声如潮，旅游客人超过了二三万人。如果你要下来，一定得事先通知我们，要不，吃饭你都吃不上，夜晚的宿处都难找。

是啊，作为一个典型的苗族村寨，西江确实是一个个案。成功范例的个案。

要认识今天的西江苗寨，得从历史的角度去了解和思考。

要懂得今天的西江苗寨，得从民族风情的特点去分析和观察。

要理解今天的西江苗寨，得走进黔东南的苗寨侗村布依人家，住下来和村民们好好地聊天摆谈，听听他们说些什么，从他们由衷的言谈中和唱出的古歌里，读懂他们的心声。

我10多次地走进西江苗寨，前后历经了半个多世纪。记得50多年前的1970年，我走进西江苗寨时，那种贫穷、闭塞和偏远，在我的心头激起的简直是震撼。

当我在20世纪80年代，以青年作家采风的名义走进西江苗寨时，村寨上的清净、寂寥和冷落，同样让我困惑：怎么只剩下老人和娃崽了呢？青壮年们去哪儿了？

答曰：思想大解放，不但青壮年男子汉们出去打工了，连姑娘和年轻媳妇们也跑去广东、深圳、广西、贵阳、重庆打工了。他们说外面世界里的票子好赚啊！

我听得目瞪口呆。

也可能正是有了整整一代人的外出闯荡吧，他们感受过了外面的世界，体验过了都市里的繁华和喧嚣，品尝过了城市里的饮食，他们意识到了苗寨生活的可贵和特点：他们把从外面世界里学到的东西，不知不觉地融进西江苗寨的生活形态之中。他们把防火意识贯穿到西江苗寨纯木楼的意识中，他们在突出饮食中苗家风味的同时，引进当代的饮食时尚……规划环境是这样，引导游客是这样，于是乎，几乎家家户户外出打工的西江人都回来了，他们在自己家门口接待全省、全国、全世界涌来的客人都忙不完，他们怎么还抽得出时间外出打工呢？

哦，弦歌四季的西江，其发展的当代历史，就是一首歌啊！

万峰林乐章

万峰林是世界自然遗产，坐落在贵州、广西、云南交界处的大山腹地。

随着贵州省的县县通高速公路工程于 2015 年底竣工，去地处黔西南兴义的游客越来越多，海内外的客人们去游览万峰林的也越来越踊跃。几乎所有的朋友，在碰到我时，都会眉飞色舞地谈到他们对万峰林的观感。

我是年轻时代看到万峰林的。那个年头，万峰林还深埋在贵州黔西南的大山深处，无论是省城贵阳，还是名城遵义的文化、旅游界人士，都没人给我提起过这一景点。

记得我第一次去兴义，清晨 8 点在观水路门口的省文联宿舍前出发，到达兴义的招待所时，已经是晚上 9 点过了。路途上整整走了 13 个小时。

从贵阳到兴义，那时的盘山公路里程，共计 361 公里。那一年，省文联刚刚进了一辆伏尔加小车，领导说，开伏尔加去吧，路途上安全点。颠簸到兴义招待所客房里住下来，我心算了一下，平均每小时，走了 30 公里不到。

疲倦是疲倦，不过我一点也不懊恼，反而觉得不虚此行。只因为一路驶来，我翻过了花江坡，总算爬上了72道拐。

由于高速公路的开通，曾经名声很大的72道拐，现在很少有人说了。

电影和电视剧《24道拐》的播出，让人只知道贵州山路的24道拐，反而把72道拐埋没了。其实在贵州，翻山越岭的大山公路中，九道拐八道拐的说法很多。我插队落户的修文县，紧挨着省城贵阳，坐长途客车，也要翻越一个叫作七道拐的大坡。记得好几个上海女"知青"，在车过七道拐大山坡时，晕得都吐了。

吉普车不断挂挡，好不容易盘旋着爬上72道的花江坡山巅时，我们这些坐车人都长长地吁了一口气，连声说："休息一会儿，休息一会儿。"

司机停了车，边搓着刚才紧握方向盘的双手，边对我们说："第一次翻越花江坡，你们可以好好地看看这一面的山。"

顺着他手指的方向望去，天哪，我们看见的是一幅何等气象万千的大山的海洋图景啊！

只见高耸的花江坡前方，一览无余地坐落着千座山、万座峰。所有的苍山翠岭在阳光灿烂的照耀之下，仿佛在沸腾、在飞升，在缭绕于峰巅岭腰间的雾岚中浮动。

花江坡太高了，屹立于群山之巅的花江坡顶，山风呼啸着，拂动我们的衣服。我们互相之间，只有放大了嗓门吼，才能听到相互说些啥。

眺望着眼前千山万谷浪涌蜂浮般的壮丽景象，我只觉得整个身心听见了一阵阵雄浑苍凉的音乐在鸣奏。似乎有千万个高音喇叭将贝多芬、柴可夫斯基和肖斯塔科维奇壮丽的乐曲从风中吹来。又仿佛中国古典音乐《十面埋伏》中的马蹄声在腾跃。

我震惊而又愣怔地眺望着大自然神斧鬼工在眼前创造的奇景。受到深深的震撼。

司机在朝着我们喊："可以走了吗?"我们几个第一次过花江坡的客人几乎异口同声地对司机嚷嚷："再看看，再看一会儿!"

其实这只是万峰林乐章的前奏。

第二天午后，当我们参加完州文联的换届会，在主人的陪同下参观"下五屯庄园"时，隔着山野间淡淡的薄雾，如此真切地看见了万峰林梦似的乡下好景象。

雄壮宏大的乐声又在我耳畔响起，凝望着万峰林仙境般的景致，我又一次进入无语的状态，久久地欣赏着这一片和昨天在花江坡上看到时迥然不同的美景。

心中油然伴着音乐的节奏，升起按捺不住的神往之情。

我对自己说，有一天，我一定要走进万峰林的轻绡薄绫般的云雾之中，去一探万峰林中的神秘世界。

是啰，和贵州的大山结缘了半个多世纪，足足 55 个年头。老天没有辜负我的心愿和向往，以后的好些年间，我一次一次地自远而近、自下而上、自上而下地走进了万峰林，把万峰林的景观看了个够，看了个透彻。

原来这里是布依族人世代栖居的家园。千万座山峰之间的平坝地上，盛产水稻和果蔬。挨着山路的石板坡上，顺着山势的自然起伏，建起了一座座布依族特色的农舍。一代一代布依族老乡，在万峰林这块土地上，日出而作、日落而息，过着朴实清贫的农家生活。安详自在。

脱贫攻坚的岁月中，如此大美无比的万峰林被评上了世界自然遗产，全国各地、世界各国的客人从四面八方蜂拥而来，一睹这令人心旷神怡的美景。

山水皆是画，一路都是景。春夏秋冬的花儿不同，景色变幻，不少客人觉得作为游客看一看不过瘾，干脆住了下来。

布依族乡亲说，这是客人们的热情让我们吃上了"旅游饭"，越过了贫困线。

而今，民宿一座比一座建得更令人流连忘返。宾馆的服务接待设施，也同大山外面的世界接轨。脱了贫的布依族老乡，欢欣鼓舞地用他们勤劳聪明的脚步，行走在振兴乡村的道路上。

万峰林的乐章，奏出了更为激越和令人喜悦的音色。

峰林布依夜

先要对题目做一点解释。

峰林专指贵州省黔西南州的万峰林风光旅游景区。这个景区是世界自然遗产，美得让人不忍离去。之前我曾写过散文《万峰林乐章》，文章在北京的报纸上发表以后，我又去过那儿两次。

布依则是贵州第二大少数民族布依族的简称。

万峰林景区的里里外外，都是民族风情浓郁的布依族村寨，布依族有自己的民族语言、独特的民族习俗，还有他们动人的民族歌谣，我还写过一篇《醉歌六月六》，写的就是在六月六日的布依民族节日中，听了他们演唱之后的感受，那真是令人荡气回肠、如痴如醉的一种享受。不过这篇小文是前些年写的了，那时演唱布依民歌的民间歌手，一个进入了省城，一个调去了北京。

今年盛夏时节的 8 月初，我又一次来到了峰林东坡的布依村寨。只不过这一次，我是在夜间走进去的。为啥要专门在夜间去呢？是因为峰林、峰丛、峰洼都只能在白天欣赏，晴天也好，阴天也好，哪怕是飘着细毛雨的天色里也好，去云罩雾绕中的万峰林都有其如梦似幻的美景。

　　一到旅游旺季，尤其每年七八月份的暑假期间，成千上万的游客涌进万峰林，走进布依寨，畅游之后，到了晚上，就没啥事儿干了。于是，来过的游客提出意见，说万峰林是世界遗产地，不但白天要有好玩好耍的地方，晚上也该有夜景、有游乐设施啊！

　　地处峰林东坡的这一处夜游的娱乐谷，就是这么应运而生的。

　　下了汽车，向峰林布依景点走去的时候，天空中响起了贵州夏夜里常有的雷声。这无疑是在预示，夜间会有雷雨。但我环视前后左右的游客们，谁都没在意雷声，有说有笑地走向景区的入口。翻过垭口，我的眼前顿现一个偌大无边的灯光海洋。

　　海洋是平面的，而我眼前的灯光，却是顺着山坡的走势，错落有致地延伸舒展开去的。大灯、小灯、高处的灯、峡谷里的灯、水面上的灯、桥上的灯、移动入口的大小电瓶车的灯，在我眼前展示着璀璨灯光明亮无比的光影、光色。我不由得停下了脚步，想静静地欣赏一下这片难得见到的夜景，可左顾右盼，却是怎么也环视不了，只觉得每一处景都好看，每一处景都不能漏掉。

　　陪同的朋友有点急了，说："叶老师，这才是刚开头。后面好看的景色多着呢，要不你一晚上都看不过来。快，前头霓虹桥上，要打铁花了。你先看那座桥，看见了吗？"

　　我顺着他一指的方向望去，只见灯光勾勒出的一座弧形的穿桥上，有个影子隐隐约约在动。不由得问："那就是打铁花的人吗？""是啊，是啊，他马上要开打了。"话音刚落，随声响起了阵阵高亢的音乐。音乐声，穿形桥上的铁花顿时闪耀在桥面上空，闪闪烁烁的像伞形的灯彩一般落到河面上。人们欢呼雀跃地原地跳跃着，娃儿叫，姑娘们笑，人群喧哗着，嚷嚷着，以不同的方式表达出他们的欢欣鼓舞之情。我环顾前后左右，所有人的脸上都挂着笑容，所有人都以独有的方式在记录这难得一见的打铁花的实景。

我也是，打铁花这一民间的喜庆形式，我只在电视上见过，今晚能在峰林布依夜里，如此近距离、如此安全、如此逼真地观赏到这一天女散花般的美景，还是人生第一次。老天爷仿佛也能洞悉人间的喜悦，在 20 分钟的打铁花刚刚结束时，一场大雨哗然而下。

人们纷纷抖开雨披，打起雨伞，继续着他们兴致勃勃、津津有味的夜游。我们几个没有带雨具的，只能退避到布依风情的楼阁上，眺望着峰林布依夜的雨中景致。滂沱大雨的哗哗声里，雨水给所有的灯光披上了晶莹闪亮的外衣，眼前的一切都似水晶宫般，自近而远地形成一条又一条灯河。

有宽有窄，有长有短，有高有低，欢声笑语组成了一阵又一阵鼎沸的热潮，伴随着山谷里的风声、雨声，让我目睹从未见过的道道景观。

更令我惊喜的，是峰林峡谷间，耸立着五座高低错落的宝塔，山巅高处的宝塔，仅有三层，每一层上都缠绕着彩灯，显得最为醒目。

峡谷深处的那座宝塔，共有九层，尤为壮观。另外三座宝塔分别坐落在有高有低的半山坡上，有五层的，还有七层的，每一层上都悬挂着耀眼的彩灯，把整个东峰林布依峡谷，照耀得晶莹透亮，如同白昼。

哦，这真是一个欢乐喜悦的夜晚，美不胜收的夜晚，兴奋得我忘记了自己是如何回住处的。

直到现在提笔写这篇小文，我也没想起来。

我说梵净天下风

写过一篇《等的就是这场瑞雪》，文章发表以后，有朋友在晚报上读到了，对我说，一场雪你就写了篇雪景散文。我们连梵净山这座名山都不曾去过，究竟是个什么样貌，都不知道。你能不能写详细点儿，也可以让我们全面地领略一番梵净风光？这一篇小文，就是由此而来。

我要写的是梵净天下风。

在云贵川为主的西南三省及两湖（湖南省湖北省），流传一句民谚，说的是：人说峨眉天下秀，我说梵净天下风。

不明白的人会问："风？风难道也看见吗？"我们一般的认识，风只能感觉得到，肉眼是看不见的。我要说，上了梵净山，无论是冬夏还是春秋，都能看到梵净山的风，并能感受到登山过程中特有的一山四季。这一山四季的强烈印象，就是梵净山的风带过来的。只因梵净山是横亘在楚蜀黔大地数百公里的武陵山脉主峰，它是贵州省的第一山，是屹立于云贵高原向湘西丘陵过渡大斜坡上的山体。放眼望去，只见主峰高耸入云，山体庞大而深邃，绵延无尽的峰峦巍峨而雄奇。也即中小学地理课上都要讲到的，中国大地三级阶梯向二级阶梯的过渡地带，是冬日和夏日季风出入整个云贵高原的主要途径。云行雨运，便生不息的风。风声啸啸过岭穿林，风便出。听其风声，会感觉特别明显。时而浑响如雷贯耳，时而尖叫似哨音，时而如空谷鸣音，清越而持久不息，令人难忘。只因梵净山的山势陡然抬升，刹那间，风向变化急速浑然，所有进山的游客都能感受到垂直上升的气流。故而顿时让人看到眼前风云奇幻，云海翻腾。

只见堆叠在一起的白云在慢慢地往上升腾，把所有的远山近岭全遮住了！而往往在这一瞬间，驰名千百年的梵净山瀑布云亦同时出现。只见云流陡然间从天际而降，跌下深谷。气流云流顿时巨浪狂涛般交织在一起，浩浩茫茫，气吞万物，被无数有幸一见的游客叹为大自然的惊世绝技：婀娜多姿而又神秘朦胧，轻盈美妙却又豪迈汹涌。每每观之，总有游客发出连声赞叹和尖叫得不忍离去。且不时地重复着：不虚此行，不虚此行！真可谓旅游一大乐趣矣。

待到回过神来，细思这一幻影般的奇妙景观之现，完全赖得是梵净山的风。而一路攀山登顶途中，人只会觉得一会儿风是从山谷深处吹来，一会儿风又是自上而下拂来，一会儿却又是从左侧凛凛而来，待好不容易辨别出左侧是梵净山的西面，迎头又是一阵风从东面刮来。总而言之，拐过一个山弯弯，又会察觉从北面或是南面吹过来的风。风一变方向，素洁如银的云海便幻化出截然不同之景观。真所谓惟风而变，惟变而灵。

就在这一过程中，一忽儿艳阳高照，风儿变得温柔而又轻抚人的脸颊；一忽儿却又从不知什么时候变得厚重而灰黑色的云层里洒下阵阵雨水，浇得人无处躲藏，而风声飒飒，顿时让人如遇寒流，一下子从夏日进入了隆冬时节。不会超过半个小时，一道祥光穿透云层，眼前又是一亮的同时，山风又带着暖意迎面拂来，简直是如沐春风、如临秋高气爽的时节。风儿过处，厚实多变的云海消失在山的尽头，攀高望去，只见蓝天白云顿呈眼前，心情同时会觉得振奋而又愉悦，山山岭岭间喜气洋洋。细往峡谷之间凝望，风儿又嬉戏般拂来轻纱薄绫般的云彩。梵净山之神奇玄妙，全赖的是风来云散，云来风散。云去雾来之际，所有的人在用心地体验过这一切之后，尽睹风云奇观之际，亦会感觉灵魂得以尽洗浑浊。

　　这就是梵净天下风给你我的启示，也是大自然恩赐给人类的梵净之意味。

黄果树瀑布群落

由于照片、挂历、电影、电视画面的影响，说起黄果树瀑布，人们会很自然地认为她就是那么一副银浪滔天、壮观雄伟的面貌，仿佛她就只有那么一个固定的角度。殊不知，黄果树瀑布可以从各种不同的地势和方位观赏，俯视，仰望，远观，近看，在分列左右两侧的山坡上经久耐心地瞅，滋味会各有不同。而更应该告诉世人的，则是黄果树瀑布并非仅只一挂，实际她共有九挂。如今众人看到的，仅仅只是交通最为便利、最易到达、适宜观赏的一挂。

还是我在 20 世纪 60 年代末插队落户时，有位同学在黄果树所属的镇宁县插队，寨子离今天旅游者看到的黄果树瀑布只有 4 里地，去看这位同学时，他就介绍，其实黄果树有好多挂瀑布，都很好看。那个年头年轻，虽然穷得没几块盘缠，倒也兴致勃勃地一一去跋山涉水，名副其实地"穷白相"。后来我写小说，写到 个叫"瀑布大队"的地方，取的就是那回经历中看到的景致。

这么说绝非想证明瀑布群落是我们那时发现的。山乡里的老农嘴上常挂这么一句俗语："坡是主人人是客"。大自然的山水景物原本就存在在那里，匆匆如过客的人类，只不过是她那博大怀抱里一位客人罢了。要说发现，世代栖息在北盘江两岸的各族山民，早就发现了。

硬要以文字记录、向外界宣传来算"发现"，那也轮不到 19 世纪的 90 年代，早在《徐霞客游记》中，我们这位老前辈的老前辈，就已记述过黄果树瀑布上游 1 公里处的陡坡塘瀑布："遥闻水声轰轰，从陇隙北望，忽有水自东北山腋泻崖而下，捣入重渊，但见其上横白阔数丈，翻空涌雪，而不见其下截，盖为对崖所隔也。"（《黔游日记一》）。所谓白阔数丈，今天计算出来是顶宽 105 米，而高则是 20 余米。这挂瀑布，是黄果树瀑布群落中瀑面最宽的。

黄果树瀑布下游 2 公里处，挨着一个叫滑石哨的布依族寨子，有一挂瀑布叫螺丝滩瀑布，以其滩面的逶迤之长而取其名。螺丝滩瀑布高 30 余米，而整个滩面逶迤长达 350 米，清澈明亮的水流哗啦啦欢笑着淌来，甚为壮观活泼。

熟悉内情的贵州人当向导，在游览黄果树瀑布时，顺便让车往上行 1 公里、下行 2 公里，便把这两个瀑布一起玩了。

整个黄果树瀑布群落，则成树枝分叉状坐落在北盘江支流的白水河、打邦河、灞陵河、王二河上。

多级多层的滴水潭瀑布，在黄果树西侧 7 公里处。贵州人称最上一级瀑布为连天瀑布，当地乡民称其鸡窝田瀑布，中间一级叫冲坑瀑布，最下那级就叫滴水潭瀑布。滴水潭瀑布的名声也已很响，几可与黄果树瀑布、赤水的十丈洞瀑布相媲美。这三级多层瀑布的总高度有 400 多米，其中滴水潭瀑布也即当地人喊惯了的高滩瀑布高 130 米，中间的冲坑瀑布高 140 米。远远望去，那飞流直下的白沫雪浪恰似一位身披白色连衫裙的天使，时而以轻捷的脚步奔跑下来；时而似将白裙披紧收拢，显得窈窕颀长；时而又潇洒地将白衣白裙坦然抖开，直瞅得人叹为观止、目不暇接。

滴水潭瀑布离黄果树仅7公里，除了地势偏那么一点，她实在可与黄果树瀑布、陡坡塘瀑布、螺丝滩瀑布相映成趣。

从黄果树下行30多公里就到达惊涛骇浪拍岸、雄壮豪气冲天的关脚峡瀑布。这一挂瀑布在打邦河上。打邦河已经数次进入我的小说了，只不过有时候它是以谐音的形式出现罢了。这一条打邦河汇聚了上游白水河、王二河、瀌陵河、断桥河等等水流，无论水势水量都是最大的。因此，关脚峡瀑布的气势自然就更急遽凶猛一些。陡然跌落的河水形成三折共一百二三十米的瀑布，被文人墨客们称为"豪中豪"之瀑。

和黄果树瀑布同样为一奇景的天星桥岩溶风光，是贵州西线风景区的又一美妙佳景。深藏于天星桥暗河入口处的银练坠潭瀑布以奇秀著称，她既不高大雄壮，又不气势骇然，10来米高的水帘，泼散下来，均匀自在，纵情坠流，活似千千万万条闪烁光芒的银练，淙淙潺潺、叮叮咚咚、喧声嚷嚷地坠入溶潭之中，永无止境。有人说她似瀑布群落中的抒情小诗，又有人说她似淡淡的水墨画，令人回味无穷。

游黄果树的客人，必去安顺龙宫。龙宫的溶洞、伏流，早已名闻遐迩，这里的龙门瀑布，高30多米，声若巨钟轰鸣，势如排山倒海。龙门瀑布系地下瀑布之冠，到目前为止世界各地发现的溶洞中，还没见到这么大的地下瀑。

　　黄果树瀑布群落，有大小瀑布无数。我所提到的九挂瀑布，堪称是黄果树瀑布群落中的精华。其实，贵州西线风景区包含的内容岂止瀑布一项！布依族村寨中的典型——石头寨、千年的古榕树、诸葛亮七擒孟获的遗迹、苗族腊染、古驿道，还有天星桥岩溶风光、地下龙宫和被人称为戏剧活化石的傩戏，组成了一系列多姿多彩的旅游资源。作为一个在那块土地上栖息了 21 年的异乡客，我想我还是有理由邀大家前去一游的。

　　要说明的是，我写下的这篇文字不是导游文字，也不是按导游顺序写来，只是凭自己在那块土地上的生活感受和记忆信手写来。如你遇上一位导游姑娘，她会把这一切给你介绍得十分动人。

　　去看看吧！

赤水瀑布欢乐颂

写过一篇《双挂大瀑布》，写的是贵州境内的两挂瀑布的景象和气势。

不料，有不少读者对我道："我们只知道贵州有黄果树瀑布，你写的另一个瀑布在哪里呀？"

甚至有在上海工作的贵州人也对我讲："叶老师，我是贵州人，怎么没听说过你写的另一条大瀑布啊！"

其实我那篇文章里写得明明白白，除了黄果树大瀑布，贵州的另一挂大瀑布，就是赤水大瀑布。顾名思义，这挂大瀑布在赤水县。

难怪很多人不知道它。一来是黄果树瀑布太出名了，除了《徐霞客游记》中有记载，黄果树瀑布就在贵州通往云南方向的公路边。南来北往的司机们都见过它，还有一个不可否认的原因，黄果树瀑布的文章被编进过语文课本，千千万万的学生都读过课本。没有见过黄果树瀑布的孩子们，也都在课本和语文老师的介绍中知道它。

赤水大瀑布就没有如此幸运了。

　　一来，大瀑布藏在贵州北部挨近四川省的大山深处。赤水县就是紧挨着四川的一个县。红军长征四渡赤水就是想过了赤水河，到四川去。赤水大瀑布呢，又离开这条有名的河很远。而且，多少年来，这挂瀑布在当地百姓的口中，被称为十丈洞瀑布。

　　我在贵州当"知青"的青春年代，听老乡说，黔北那里，靠近四川的深山里，还有一挂十丈洞瀑布，气势壮观得很。

　　我顿时来了兴趣，连声问："十丈洞？这瀑布有十丈深还是十丈宽？它究竟在哪？"

　　讲给我听的乡村小学教师，朝着我连连摇头："离得那么远，我都没见过，只是听说壮观得很！看见过黄果树瀑布就行了嘛，我在想，十丈洞瀑布再好看，也不会超过黄果树瀑布吧。要超过了，它现在肯定比黄果树瀑布还出名哩！"

　　见我有些失望，他又安慰我："你想想啊，就是宽十丈，或者深十丈，一丈才是 3 米了，它也不能同黄果树瀑布相比嘛！"

　　于是我也只得打消了想目睹十丈洞瀑布的念头。

　　后来我在那块土地上成了作家，又在省文联工作，碰到黔北特别是赤水县到省城来的作者，闲聊之中，我就会挑起话头，问一问十丈洞瀑布。

　　哪晓得，很多人并不了解十丈洞瀑布。即便听说过，也坦率地告诉我，叶老师，这挂瀑布太偏僻了，离开县城，都有七八十里地呢。你从省城下去，只怕一天都去不拢。话语之中，就是想打消我去看一眼十丈洞瀑布的念头。

　　终于让我遇见了一位赤水县的诗人，他年长我一二十岁，对赤水县的人文地理都能讲出些道道来。他告诉我，其实十丈洞瀑布早在清朝时期就有人晓得了，时任仁怀直隶厅的同知陈熙晋写过关于瀑布的一首诗。说着，他就把诗背了下来。

他说话的黔北口音重，听过一遍，我让他写下来。于是他在纸片上给我写出了这首诗：

洞深十丈锁云烟，谢监栖迟廿五年。

采木使臣归未得，山中开箐已成田。

地方上的诗人言之凿凿地告诉我，十丈洞瀑布名称的由来，就是这首诗。

陈熙晋这个清朝诗人我晓得，他写过关于茅台酒的诗，我还引用过。这首诗分明写的是他作为地方上的官员，为朝廷去选采黔北大山里的楠木，其时的所见、所闻、所感。

顺便说一句，北京"毛主席纪念堂"建造时的大楠木，也是从这一片山岭里选购去的。

自那以后，无论清朝、民国年间，还是新中国成立后的30多年，都没人关注过十丈洞瀑布。

直到20世纪80年代后期，国家开发赤水县凤溪河水电站，水电职工们震惊于十丈洞瀑布的壮观和气势，才在宣传建设两河口水电站的同时，也有意识地给人们介绍了十丈洞瀑布的情况。

我就是在那个时候，借着往黔北采风的机会，一次一次地去游览了十丈洞瀑布。

正如最早给我们介绍十丈洞瀑布的赤水当地人所言，这挂瀑布完全可以和黄果树瀑布媲美。它高低落差72米，幅宽80米。我站在瀑布前拍下的照片，经常被人问："你这是在黄果树瀑布下拍的吗？"可见这挂大瀑布和黄果树瀑布确有异曲同工之妙。

记得第一次去观赏十丈洞瀑布时，我坐的是吉普车。在弯弯拐拐的黔北山区公路上颠簸了快两个小时，才把近 40 公里的乡村公路跑完。下得车来，要去看大瀑布，必须步行一段朝峡谷底部的崎岖山路，前头有向导引路，后面还有人不断喊着，叶老师，你小心，路不好走，不要摔倒了。

好在我能行走弯拐难落脚的道，走得还算稳当。但也很费劲了。两只眼睛，浑身上下都关注在走路上。

累得确实够呛。陪同的朋友道，不是为了完成你的心愿，我们是绝对不会来看这条瀑布的。说得我都不好意思起来。

只在陡峭的下坡山道上拐了一个弯，只觉得一阵烟雨蒙蒙的水汽迎面拂来，把肩头、胸前、头发和脸都打湿了。这感觉我一点也不陌生，在黄果树的犀牛潭，在尼亚加拉大瀑布前，我都感受过这种朦朦胧胧的细雨般的水雾。不同的是，美国和加拿大交界处的尼亚加拉大瀑布都配有蓝色的塑料雨衣，费用就算在门票里了。在十丈洞瀑布都是不收费，不出售门票的。

几乎是烟雨迎面拂来的同时，一阵震天撼地的涛声如雷贯耳地响遍了整个山谷。抹了一把脸，睁大眼望去，只见雪浪翻滚的瀑布在水珠雾幕的陪伴下倾泻而下，其气势凭天作浪，击石穿云。

那天摇地动的轰隆隆之声实在太大了。耳朵里什么都听不到，同行的伙伴使劲地挥着手，张大嘴喊着啥，只看见个个人都在笑。相识的和不相识的都兴奋得手舞足蹈。

一阵欢乐的颂歌从我心中油然而起，我的心在随之颤抖；我的双眼全被飞瀑的雪浪、雪沫、雪珠、雪泪耀眩，飞天而下的狂涛引得山鸣谷应，直传到九天云外，似千百虎啸龙吟。

在一阵阵欢乐颂般的瀑布声中，我宛如置身于飘飘然的仙境中，这是九天落下的银河，这是蓬莱降临了尘寰，这是难得一见的壮丽景观。

赤水大瀑布，我淋了一身的水雾和细雨，我满头满脸全打得稀湿，可我始终在笑，在和一起来的所有同伴们感受着人间美景带来的欢乐。

"姑妈篮球"一部流淌着生命力的乡土史诗

　　此刻的上海，梧桐树正抽着新绿，这几天上海的市花白兰玉正开得鲜艳，春风裹挟着黄浦江的湿润气息拂过窗棂。我坐在书桌前，提笔写下这份书面发言时，心中却满是贵州的绿水青山、千户苗寨和乡亲们爽朗的笑声。很遗憾，因手头事务缠身，我未能亲临"贵州'姑妈篮球'文化品牌研讨会"现场，与各位共话这一文化盛事。在此，我谨向主办方的邀请致以诚挚的谢意，并对研讨会的召开表示热烈祝贺！虽隔千里，但我的心早已飞向雷山，飞向那片镌刻着民族文化密码的土地。

　　我与雷山的缘分，始于一次次行走与凝视。年轻的时候，我就走进过雷山。2018 年，应雷山县领导之邀，我踏上这片土地采风。苗寨的晨曦中，炊烟袅袅升起，绣娘手中的银针在阳光下闪烁，芦笙的旋律穿透云雾，与梯田的轮廓融为一体。那次采风孕育了我的散文《西江华彩路》，承蒙《人民日报》厚爱，以整版篇幅刊发。文中我写道："西江的华彩，不在霓虹，而在苗家人用岁月编织的坚韧与诗意。"这诗意，是雷山赠予我的文学养分。

　　去年深秋，我再次走进雷山县的白岩村，为那座"梯田托起的村庄"文化地标揭幕。站在梯田高处俯瞰，层层叠叠的稻浪如大地书写的诗行，而身着盛装的苗族同胞，则像是诗行间跃动的音符。那一刻，我深切感受到：雷山不仅是地理的坐标，更是精神的图腾。它用山水与人文，为作家提供了取之不尽的创作源泉。

自去年起，"姑妈篮球"的声音便频频传入耳中。友人向我描述：苗寨的篮球场上，身着传统服饰的"姑妈"们运球、传球、投篮，汗水与欢笑交织，银饰叮咚与篮球撞击地面的节奏共鸣。场边，孩童欢呼，老者含笑，游客驻足——这是一幅怎样的画面？它让我想起沈从文笔下的湘西，想起汪曾祺文中高邮的烟火气，但又分明带着贵州独有的鲜活与炽烈。

在作家眼中，"姑妈篮球"绝非简单的体育赛事，而是一部流淌着生命力的乡土史诗。它承载着多重文学意象：一是女性力量的觉醒。在传统与现代的交织中，"姑妈"们以篮球为媒介，打破"围裙与灶台"的刻板叙事，用矫健身姿诠释了贵州女性的自信与从容；二是民族文化的活化。篮球场上，苗绣银饰与现代运动装束碰撞，芦笙舞步与竞技规则融合，这种"旧瓶装新酒"的智慧，恰是民族文化生生不息的密码；三是乡土中国的集体记忆。当"姑妈"们奔跑的身影与村寨的鼓楼、风雨桥、梯田共同构成画卷时，我们看到的不仅是运动的热血，更是一个族群对生活的热爱、对土地的眷恋。

我曾多次想提笔书写"姑妈篮球"，却因种种琐事搁置。但这份未完成的创作冲动，恰似一颗种子埋在心田，等待4月春风的唤醒。

贵州的山水，始终是我文学创作的母题。去年，我围绕"黄小西吃晚饭"六大景区，完成了散文集《情在贵州山水间》。书中，我试图以作家的眼睛捕捉贵州的"灵"与"魂"——黄果树的磅礴是自然的呐喊，荔波小七孔的碧波是岁月的低语，西江苗寨的灯火是人间的星辰……这本书即将由贵州出版集团贵州人民出版社付梓，4月起，我将带着它走进六大景区，与读者共话山水情长。

而雷山，注定是这场文学之旅的重要一站。4月底，我计划携新书重返西江苗寨，在吊脚楼间举办读者见面会，让文字与现实的风景对话。届时，我定要亲临"姑妈篮球"的现场，看银饰在跃动中闪耀，听欢呼声穿透云贵高原的苍穹。或许，那跃动的身影、那酣畅的笑声，将为我下一部作品注入新的灵感——毕竟，文学永远需要扎根泥土、仰望星空的温度。

文化品牌的塑造，离不开文学的凝视与书写。从"村超"、"村BA"到"姑妈篮球"，从"西江华彩路"到"梯田托起的村庄"，贵州正以独特的文化符号，向世界讲述中国乡村的另一种可能。作为写作者，我愿以笔为舟，载着贵州的山魂水魄、人情风物，驶向更广阔的远方；也期待"姑妈篮球"这样的文化品牌，能在文学与现实的交响中，成为贵州递给世界的一张新名片。

最后，再次祝贺研讨会圆满成功！愿各位嘉宾的智慧碰撞，为"姑妈篮球"点亮更多璀璨的星光。

春天，雷山见！

百年老弄鸿祥里

2000 年前后，中国作家协会联系中央电视台拍摄了一组"中国当代名家"的电视纪录片。除提供给中央电视台播出，还将由中国现代文学馆作为资料收藏，故拍摄得较为详尽细致，还要追索作家人生各个阶段的经历以及曾经的居住地。

我的中学时代，是在新闸路西藏路交界的老弄堂里度过的。导演便提出，一定要去这处老弄堂拍摄。

老弄堂名鸿祥里。我一面给剧组兴冲冲地介绍记忆中的鸿祥里，一面陪同他们去老弄堂里拍摄。哪晓得车子从新闸路拐到了短的只有一百几十号的长沙路上，呈现在我们面前的是一大片空旷地，记忆里充满着弄堂烟火气的鸿祥里，从地面上消失了。

站在大片空地前，我不由得有些恍然。在这之前，只听说地处上海中心地带的鸿祥里和同时期的鸿福里、洪庆里、鸿瑞里这四条老弄堂，都已列入了拆迁范围，没想到动作如此之快。不但把鸿祥里拆得一干二净，还在空地上栽种了绿植，移植过来的树枝上都已经放出了嫩叶。鸿祥里面向北京路、西藏路上的"大观园浴室"，曾经是几代老上海人的记忆，现在也已经荡然无存。

幸好鸿祥里同时期的鸿福里、鸿瑞里虽已动迁完毕，但房子还没有拆除，剧组摄影师兴致勃勃过了马路，走进弄堂里拍摄了不少镜头。他们还安慰我："叶老师，只有你这样的老住户才分得清什么主弄堂、横弄堂、支弄堂、岔弄堂、小弄堂，没在这种环境里住过的人，谁能分得这么清楚啊！只要像，能告诉观众 100 年前上海老弄堂的模样，我们就算完成了任务啦！"

是啊，对导演、摄影、灯光及剧组工作人员来说，确实是这样。但对于我来讲，曾经居住地的消失，充满蓬勃生活气息的弄堂的消失，让我始终萦绕着一种遗憾的情绪。可能正是这种情绪催生出的一种情结，我总感到要提起笔来，写一些上海的弄堂风貌和弄堂文化。

整个 20 世纪，上海时不时被人称为是一座由弄堂组成的城市。有不少生于斯长于斯的上海人甚至觉得，自己的一生都是和弄堂息息相关的。鸿祥里就曾经有过不少这样的老上海人，他们出生于 20 世纪二三十年代，等到世纪末来临，他们都已垂垂老矣，有的甚至离开了这个世界。对于这些上海人来说，弄堂就是上海，上海也就是弄堂。弄堂里有一些老人一辈子没有出过远门，到苏州、杭州玩一趟，就算是人生大事，回来后要喋喋不休地讲上几天。弄堂对他们来说，是一个大家庭，置身于弄堂的氛围中，他们总有如鱼得水之感。

鸿祥里的规模没有鸿福里大，但也称得上是一条大弄堂，共有 90 幢二层楼的砖木结构房屋，全带三层阁，开老虎天窗，大多数是单开间门面一楼一底的住房。弄内的石库门房屋，也有二上二下和三上三下的房屋结构。但无论是单开间、二上二下还是三上三下的房屋，都不是一户人家居住的。到了 20 世纪 60 年代，几乎每幢里都有住户。一间小小亭子间住一家人，不是什么惊奇的事情，往往楼里三层阁楼是一户，二楼上是一家或者两家，亭子间、灶披间又各住一户，故而住户远远超过 90 家。

鸿祥里四通八达，弄口很多。短小的长沙路上就有 150 弄、162 弄两个出入口，新闸路上也有 35 弄、57 弄两个弄口。紧挨着鸿祥里的新闸路是上海市中心地段最老的一条马路，全长近 4 000 米，从西藏路、芝罘路口直通胶州路。老上海的马路，改过路名的比比皆是，唯独新闸路从 1862 年筑修至今，始终叫新闸路。路两旁的商铺林立，百业纷呈，光是从西藏路口到长沙路两边，就挤满了点心店、杂货店、小饭店、文具店等等，只要是和老百姓生活息息相关的，都包罗其中。不用说，鸿祥里及其周围鸿福里、鸿庆里、鸿瑞里四条大弄堂的居民，充分享受到了这种弄堂生活的便利。

享誉全国，以服务百姓出名的"星火日夜商店"就开在新闸路西藏路口上。由于号称小小店堂里包括了老百姓日常生活全都有的服务，再加上首创 24 小时为群众提供商品保障，"星火日夜商店"几乎一天到晚都顾客盈门，以至于还带动了周边弄堂居民的自豪感。周恩来总理把"星火日夜商店"全心全意为人民服务的经验向全国推广之后，周边四条弄堂居民都受益匪浅。弄堂从此扫得更干净了，弄堂居民的文明程度提高了，幸福感也大大提升。

我家当年进出最多的是长沙路 150 弄的弄口。弄口一侧是打开水的"老虎灶"，一分钱打一热水瓶开水；另一侧是烟纸店，这家烟纸店一直开到鸿祥里拆迁，而"老虎灶"在 20 世纪 70 年代中期就被改建了。150 弄口的上方，刻有鸿祥里建成的年份"1920"。这一细节和东头"大观园浴室"记载的 1920 年向市民开放相互印证，证明了这条老弄堂 20 世纪百年中的变迁和盛衰。

弄堂里的宁波味

"芋艿头"和"三关六码头"

小时候，弄堂里的一个"老宁波"，时不时会用宁波腔说一句我听不懂的俗语："吃过奉化的芋艿头，闯过三关六码头。不要小看我们宁波人。"

长大一点，我和"老宁波"的儿女们交上了朋友。趁着玩耍间隙，我忍不住向两个"小宁波"打听那句俗语的意思。比我大一岁的女孩断然摇头回答我："不晓得他在讲啥意思。"小一岁的男孩则抿了抿嘴说："我回去问问阿爸。"

过了几天，男孩就来告诉我，菜场里有各种芋艿，最好的芋艿头，是宁波奉化地里种出来的；而三关六码头，指的是好多地方。女孩补充说："三关指的是奉化江、姚江、甬江上的三个关卡；六码头是'五口通商'后，中国人向外国人打开的国门，有厦门、温州、宁波、慈溪、上海，还有，还有……"

男孩接着姐姐的话说："还有武汉！听说那里也是大码头。"

我自作聪明地说："三个关卡，加上六个码头，那就是九个码头啰！"

两个小宁波也不懂，含糊着道："大概就是这个意思。"

后来我读到小学五六年级了，才知道所谓的"三关六码头"，并非是哪一个具体的关卡和码头，而是指"全世界所有的地方"。走遍三关六码头，就是走遍了世界很多地方。当时天下不太平，故而宁波人用了一个"闯"字，表明了他们的见多识广和有勇有谋。

宁波和上海密不可分

进入中学后，读的书和接触的人越来越多，让我对宁波和上海的关系有了进一步理解。上海和宁波的关系不可谓不亲密，比如我的小学和中学同学中，都有宁波人。事实上，上海几乎每一条大大小小、长长短短的弄堂里，都有宁波人。

宁波人在上海人中的比例相当大。宁波文化，特别是宁波的食品，在上海滩比比皆是。往往吃到脆脆的年糕片，鲜香美味，酥脆的犹如刚出锅，一问哪个店买的，都会答"宁波人开的年糕店"；宁波人开的特色糕团店，打出的旗号是"宁式糕点"，一直开到"大世界"附近；还有芝麻味香浓、饼皮松软的百果麻饼，也是宁波人店里常卖的，相比较只有中秋节才能吃到的是百果月饼。百果麻饼一年四季都可以买到，且果仁丰富，都是经过精挑细选的。

20世纪五六十年代时，有几年物资供应很紧张，每个人每月都有定粮，人的嘴自然也馋。吃到米香四溢、酸中带甜的米馒头，酥皮分明、甜中带咸的"鞋底饼"；艾叶新鲜、香味宜人的艾草馒头；麦香浓郁、红糖香甜的红糖发糕……这些普通且实惠的点心，只要细问出处，就会发现，都是正宗宁波师傅做的。这些宁波师傅做的点心，和上海滩的苏式糕点、本地松糕、北方小吃形成鲜明对比，别有一番风味。

现在很多人去宁波奉化，必然要买上一些千层饼。同行的上海人会提醒他，这个千层饼上海店里也有卖，不用买。购买者往往会说："我买的这种千层饼，是店家手工制作的，吃起来齿颊生津，回味无穷，和食品厂里程序化生产的当然不一样了！不信你尝尝。"说着，一小块千层饼递过来，劝告者都抵制不了这种诱惑。就连我去奉化旅游时，都会忍不住买上一些带回上海，让家人们一起尝尝儿时的宁波味。

其实我不是宁波人，可为什么也会萌生想重温儿时尝到的宁波美食的这个念头呢？只能说，儿时吃到的千层饼，那种滋味，早就是童年的记忆之一了。不过不要小看这一块千层饼，它是宁波人采用当地的小麦面粉和东海的苔菜做原料，历经十几道工序做出来的。光是烘烤，就要花两个多小时。

至于我那位宁波籍同学外公开到"大世界"附近的糕团店里，卖的宁波点心就更多了。汤果糕、桔红糕、冰豆糕、绿豆糕、云片糕、桂花麻薯、三北豆酥糖、桂花饼、小桃酥、发财糕……光是回忆这些名称，我就仿佛又闻到了儿时那股浓浓的米香，这就是上海中老年人喜欢讲的"老底子味道"。

　　为写好这篇文章，我特意去了上海几家大型食品店和超市，看看这些记忆深处当年老弄堂里的"宁波味"，是否还有传承。然后，我便惊喜地发现，不止我想到的那些宁波特产，诸如甘草橄榄、鸡蛋饼干、乳酪酸奶条、姜糖、芝麻山楂核桃酥、紫米小米酥……皆已融进了上海生活，成为了上海滩的特色食品。

　　看来，弄堂里的宁波味，不但没有消失，反而得到了发扬光大啊！

"四鸿"商圈的便民店

大大小小的便民店

"四鸿"商圈周边的便民店，在今天的上海滩街面上，仍相当有余韵。比如鸿祥里老一代居民都记得的"发记老正兴"餐馆，地处新闸路19号—21号。在上海，"老正兴"品牌至今还有。我未去了解目前街面上时有所见的"老正兴"，和当年新闸路上的那家餐馆有无渊源，只记得新闸路上的这家餐馆，后来不再供应饭菜和筵席，专营早点。经营的主要品种，就是上海人讲的"四大金刚"：大饼、油条、粢饭、豆浆。由于价廉物美，"发记老正兴"的早餐店，也是我经常光顾的地方。

插队落户在偏远山乡时，我经常会想起"发记老正兴"早点的滋味。今天上海不少早餐店仍有"四大金刚"供应，可不知道为什么，当年在"发记老正兴"喝到的正宗豆浆味，现在再也尝不到了。我还跟同龄的朋友们讨论过是什么原因。有的说是我恋旧，有的说这是童年的记忆，还有的干脆说是现在好东西吃多了，嘴巴更挑剔了。我却总觉得,他们都没有说到点子上,但我又讲不出个所以然来。

新闸路往西,从"发记老正兴"走过 10 个门面,新闸路 41 号、43 号是"东生糕饼店",做的糕饼味道香,种类不少,不过到 20 世纪六七十年代就改营日用小百货了。不像"发记老正兴",一直经营到 2004 年鸿祥里整体动迁,才彻底落下历史的帷幕。

"东生糕饼店"往西是一家我经常去的邮电所,具体门牌是新闸路 79 号、81 号,给我留下的也是一份温馨的回忆。远在贵州生活的 21 年里,我往长沙路鸿祥里家中写的信,都是由这家邮电所派送的。家里有时给我寄包裹和挂号信,信封上也都盖了这家邮电所的邮戳。后来,鸿祥里所有的房屋都在动迁时拆除了,唯独这幢邮电所至今仍孤零零地留在原地。听到这家邮电所要保留的消息,我很是高兴。

邮电所对面,新闸路 72—74 号,是一家敞着门的南货店。店招上写着"福大南货店",周边居民习惯称为"老福大"。主要经营的是南北货和糖果小点心,走进店堂内就有一股特殊的陈年南北货味道。隔开二三十个号头,新闸路 110 号是一家理发店,原名"新新理发",后更名为"艺华理发店"。店堂内洁净深沉,颇有品味,自有一股舒适感。

再往西就是鸿庆里地块了,值得一提的是 160 号的"义泰兴煤号"。店铺里专门供应煤球、煤饼,店后面的庭院里是一家颇具规模的煤制品厂,一直延伸到苏州河畔。不禁让人联想,厂里加工煤制品的原煤,都是从苏州河的驳船上运进上海滩来的。"义泰兴煤号"大门里进进出出的，全都是运送各类煤制品的卡车、黄鱼车、小型车辆，故而几乎天天在人行道、马路上洒下一路煤灰。

消失了的"老虎灶"

还有两家便民店，那就是如今上海滩已经消失了的"老虎灶"。

"四鸿"地块的"老虎灶"有两家。一家在新闸路147弄口，另一家在长沙路150弄口，前一家属于鸿瑞里，后一家在鸿祥里。

关于"老虎灶"，报刊上已写过不止一篇。为什么只是供应开水的"老虎灶"，会唤醒这么多人的回忆呢？一热水瓶的开水，只收取一分钱。"老虎灶"占一个门面，门口还总是湿漉漉的，行人路过时，都要绕开几步走。但"老虎灶"的存在，大大便利了几代上海人的生活。在煤球炉上烧开一壶水，要等不少时间，有时家中急用开水，煤火又不旺，这个时候居民就会自然而然地去"老虎灶"打开水。

插队落户时，冬季里我回上海探亲，一帮天南海北的"知青"聚在一起聊天。那个年头穷啊，但穷也有穷开心的方法：我们泡上一大壶从山乡里带回来的绿茶，把所有热水瓶都拿到"老虎灶"去打满开水，只花一点点的钱，就能尽兴聊天。大家畅聊北国乡村轶事，聊南方农村风俗，聊一路挤火车的见闻，聊"知青"间的感情故事……那种热烈的气氛，是我们这些"知青"特有的一种回忆。对于我来说，从这样一次又一次"穷开心"的聊天中，还真获得了不少关于"知青"题材创作的素材呢！

今天的上海滩各式弄堂小区中，再也不会有"老虎灶"了。精明的上海人曾经计算过，一热水瓶的开水，成本虽不会超过一分钱，又能赚多少？遍布上海里弄的"老虎灶"，是靠什么来赚钱的？生活在"四鸿"弄堂里的居民们经常探讨，但都没有得到明确的答案。

不过有一点可以肯定，那就是"老虎灶"的存在，首先就是为了便民。不知道今天的读者以为然否？

"四鸿"弄堂的人生百态

"四鸿"老弄堂的文化,归根结底,是居住在一条条弄堂里的市民群众创造和延续的。

紧挨着"四鸿"东头地块的,有一条历史悠久的新闸路。上海滩很多马路都改过路名,唯独这一条起始于1862年的老马路,从泥巴路变成碎石路,直到今天的柏油马路,由始至终没有改过路名。160多年了,新闸路虽然不像南京路、淮海路那么繁华出名,但几乎上海人都知道它。

新闸路上一家挨着一家,都开着商店,几乎可以包罗上海人生活的所有方面。故而上海滩流传着一句话:"到马路上去,没有买不到的东西。"我读初中时,读到过一本薄薄的小书《新闸路》,介绍的就是马路两边所开商店名称。一条近4000米(实际测量长度3800米)长的马路上,所有商店的名称一家也不漏。

这本书不仅仅罗列着新闸路沿街的店名,还细细介绍了每家商店经营什么买卖,比如绸布店原先是棉纱店;煤球店的店面虽然难看,但是墙壁刷得雪白;竹器店为何经营扫帚;饮食店面如何一家挨着一家……真是琳琅满目,百业纷呈。我始终耿耿于怀,当年没有把这本掌故类的小书保存下来。

逛马路多了，我虽然很少去买东西，但是天天走过路过，店里的店员也都认识了。比如说堆满杂物的木器店永远见不到伙计，但当有顾客伸手摸摸哪块木板时，店里面就会突然响起提醒人的嗓门："看看是可以的，不要伸手摸啊！你决定要买了，就招呼一声，我会拿给你，挑到你满意为止。"想伸手的顾客自然就缩回手了。可直到他离开木器店，也不知道店员在哪里。

又比如少有人光顾的瓷器店，店里天天都把所有瓷器整齐地陈列在店堂里，有声有色，光可鉴人。而那个中年店员，每天纹丝不动地坐在最里侧的角落里，冷着一张脸向外坐着。从来不见他抽烟，也看不见他喝茶看报。

还有路口上的米店，除了有专门称切面的营业员，有账房先生，还有称好粳米和籼米分发给顾客的营业员。几家米店里面，都兼售酱油、醋、黄酒、腐乳酱菜，也必定另配有营业员。故而小小的一个米店，店员其实同样分了档次和具体工种。

一家米店的店员，就可以分出这么多工种，街面上有多少这样的商店，又该有多少其他工种？更别说每家商店都有它们的进货渠道、进货方式以及人员构成，每家商店都能讲出一段盛衰史。在我的记忆中，公私合营之前的米店老板本人也居住在鸿祥里，占了一个完整的前楼和前后厢房，住房面积算很大了。

商店开在街面上，有生意兴隆的时候，自然也有冷清的时候。生意不那么繁忙时，店员之间互相会交往和交流。白天他们在街面上有短暂沟通，晚上都住在"四鸿"弄堂里，见了面自然会打招呼。腌腊铺子的师傅和肉店的打交道最多，裁缝店伙计经常跑布庄，几年下来，哪个不认识街面上的人啊。谁是伙计，谁是店堂里拿主意的经理，谁是跑腿打杂的，每个人心里都清清楚楚。每个月的收入虽然弄得不是一清二楚，但是回到了弄堂里，你租住什么样的房子，家里几个人，有没有娶老婆，"一搭脉"，上海人的心里就全都明白了。

没有人想得到，就是由工人、小贩、脚夫、帮佣等等劳动大众组成基本队伍的"四鸿"弄堂中，单开间或双开间的石库门弄堂房子里，还住进过不少非同寻常的人物。

1921 年至 1932 年，中共中央机关创办的地下印刷厂就设在"四鸿"弄堂深处。不过不是固定在一处，而是前前后后搬迁了足有 20 多次。其中 1925 年至 1926 年前后，就设在鸿翔里和附近的新康里。隶属于中共江苏省委的工人运动委员会的秘密出版机构——北社，也设在弄内一间 10 来平方米的亭子间里。

亚东图书馆曾是中国新文化运动的重要策源地，也是中国早期宣传和实践马克思主义的重要阵地。创办初期，"亚东"的编辑所就设在长沙路、新闸路口。没有人能想得到，马路斜对面上海市民天天早上排队买大饼油条吃的附近，竟然设了一个这么重要的机构。及至抗战前后，亚东图书馆经营遭到重创，其所属的发行所、编辑所几度迁址，又曾落脚于鸿翔里的弄堂内。

还有一个不大不小的汉奸，时任汪伪中央储备银行上海分行调查科的主任。1941 年 3 月 21 日，就在其居住的新闸路鸿祥里的弄堂口烟纸店门前，被国民党军统派出的杀手击毙于众目睽睽之下。

正是 20 世纪二三十年代上海市中心地段商贸特别活跃的时期，新闸路上的土产南货、食品烟杂、日用百货、茶坊酒肆、理发沐浴的昌盛异常，居住在弄堂里的市民百姓，既大开眼界，又方便了日常生活。即使不采买东西的居民们，也能了解到上海滩的物产之丰富。弄堂里有人还为此编了曲子："只要有铜钿，就能买得来。"

这让人耳熟能详的曲调，直到 20 世纪五六十年代，年纪稍大的一辈人，也会时不时地哼上几句。我时常想，70 年代驰名全国的"星火日夜商店"的诞生，大约也和这段特殊的历史有所关联吧。

环绕"四鸿"的商圈

不再"日夜"的"星火日夜商店"

要说环绕着"四鸿"（鸿祥里、鸿福里、鸿瑞里、鸿庆里）百年老弄堂周边的商店，首屈一指的必是"星火日夜商店"。这家商店因热心为群众服务，开创了一天 24 小时都敞开大门不打烊，全心全意为广大人民服务的先河，从而被封为当时的典型。

在我的印象中，20 世纪 60 年代初，"星火日夜商店"先是被评为黄浦区商业系统的先进，接着又被评为全上海商业系统的先进，遂而成为一面一心为民的旗帜。这一典型事迹传到了周恩来总理的耳朵里，周恩来盛赞"星火日夜商店"的服务精神，"星火日夜商店"顿时成了全国的标兵和旗帜，成为全国商业系统尤其是营业员们学习的榜样。

"星火日夜商店"的事迹报纸上登、电台里播、电视里放，进进出出商店的顾客们脸上都挂着笑容，连居住在附近的"四鸿"居民们也跟着沾了不少光，不少居民时不时地会被走上前来自报家门的记者拦住,请他们谈一谈对"星火日夜商店"的真实感受。那时我是一个中学生,也被《青年报》的记者拦下来问了两个问题:其一,你是附近的学生吗?你对"星火日夜商店"怎么看?其二,既然商店里免费为顾客提供针线和雨伞,周边的居民有使用过雨伞不还的吗?针线用过之后,你还回去了吗?

客流量大、店堂小,但"星火日夜商店"面对全国各地、全市各区包括周边居民们的需求,依旧能够服务到位,只有抱着一颗为群众服务的心,才能做得那么好,这是鸿福里、鸿祥里、鸿瑞里和鸿庆里弄堂居民公认的。

那些年里,还传播着这么一条小道消息:"文化大革命"期间,全国人民、男女老少的胸前都佩戴着毛主席像章,唯独周恩来胸前的那枚领袖像章上书五个毛体字"为人民服务"。居民们私底下说,周恩来多年如一日佩戴着"为人民服务"的像章,也是受了"星火日夜商店"事迹的启示。

1953年之前,"星火日夜商店"还是一家名叫"大上海"的茶叶店。茶叶店取名"大上海",大概是因为"大上海电影院"就在西藏路凤阳路口的缘故。喝茶和看电影构不成竞争关系,故而两家都叫"大上海",却从未听说过有什么纠纷。不过考虑到重名毕竟不好,"大上海茶叶店"从1953年起更名为"益兴茶叶店"。1956年公私合营之后,茶叶店逐年增加品种,经营的食品也越来越多,直到1968年迈开大步,成为一家通宵营业的食品综合商店。2002年,为配合西藏路桥改造,老"星火日夜商店"拆除,新店就开在原址对面西藏中路北京东路口。近期,"星火日夜商店"又搬到了北京西路新昌路口，只有二开间门面的规模大小，招牌虽仍挂着"日夜"两字，但营业时间却已缩减成了早 8 点到晚 8 点。

"星火"不再"日夜"，不免让人觉得名不副实。不过我想，它仍挂着"日夜"两字，大概是为了照顾我这样陪伴其成长者的感情。还有一个因素可能是，有些没有见过"星火日夜商店"却久闻大名的顾客，会远道而来寻找"星火日夜商店"的身影，保留原本的招牌，也算是给他们一个心理安慰。

消逝的"大观园"浴室

"四鸿"周边商圈中，仅次于"星火"的日夜商店的店铺，大概就是"大观园"浴室了。

这个浴室，属于我曾经居住过的鸿祥里地块，原址就位于北京东路 2 号，与"星火日夜商店"隔新闸路相望，是当年沪上最知名的浴室之一。它创建于 1930 年，在"四鸿"这类老式石库门弄堂家中没有沐浴设备的年代，是所有居民们都曾去过的地方。逢年过节时，浴室门前往往会出现男女两支队伍，那都是等着沐浴的居民们。尤其是元旦之前至春节过后，到外地去的上海籍人士回沪探亲，浴室不仅要延长营业时间，夜里 10 点之后，都还有客人在等候。

随着改革开放的深入，人们生活水平提高，居住环境改善，大众浴室这样的商业业态逐渐消失。整个上海滩，曾经遍布全市角落的大众浴室，不知不觉中成了人们心中的记忆。不知是不是因为这一记忆确实令一代人难忘，2004 年，鸿祥里地块整体改造为公共绿地，当我特地前去拍摄中学时代记忆的摄制组打听这一地块叫什么名字，有关部门明确告知我，这块绿地命名为"大观园绿地"。

　　是对上海人那段特殊历史的纪念，还是另有意蕴，我就不知道了。我想，大概多少带有点苦涩难忘的意味吧。但这也是真实的上海市民的生活形态啊！

海纳百川在弄堂

"海纳百川"四个字，是几代上海人经过充分讨论，定下来的上海这座城市及上海人文精神的标签。它体现的是上海人的胸襟，上海人的气度和风格，透视出的是上海人对雅致而有尊严的生活底蕴的追求。那么，具体到上海人的生活环境"弄堂"里，海纳百川这四个字，又如何解释呢？

当代上海人司空见惯了的弄堂，并非上海天生的住宅模式。对此，上海专门研究乡土地理文化的学者，亮明了观点：在石库门里弄住宅出现之前，上海本乡本土的当地人，大多居住在"绞圈房子"里。这种房子只有一层，受北方四合院影响出现在江南地区。

而"五口通商"以来，太平天国忠王李秀成的部队几次直逼上海，吓得江浙两省的乡绅纷纷逃进上海的租界地，先是住在简单搭建的木板房内，继而在租界觅得商机，准备长期定居下米，于是砖木结构住宅逐渐在探索和实践中出现了。

上海的地皮贵，不可能延续传统，再建造占地面积很大的"绞圈房子"。且上海是城区，受马路的约束，不能肆意扩建，只能往高处发展，普遍设计为两层楼的石库门房子就此应运而生。木板房容易引起火灾，建造材料改成了砖木结构，以砖瓦为主，木头为辅。西式洋房成本高，细节上太讲究，不适宜普通老百姓建造居住，因此，石库门房子这种中西合璧的弄堂住宅更受到市民阶层的青睐。

上海滩第一批石库门弄堂房子出现在 1870 年前后的英租界，采用花岗石和宁波红石作为门楼，大门一律采用乌漆厚实的木门。大门上的石条框经久耐用，门上把手做成虎头铸铜，故称为石库门。在我读小学和中学期间，好多同学都住在这样的弄堂房子里，小朋友们聚在弄堂里做作业，说闲话，嬉戏玩耍，时光悄然而美好。

石库门房子，一般进门便是一个天井，正中是客堂间，客堂的门是落地长窗，基本都是六扇。有着六扇长窗的客堂光线明亮，东西两侧为厢房，有前后厢房。前厢房窗户临天井，还有些光线；后厢房的光线就淡弱多了。上海进入住房紧张阶段，房管所分配住房，许多住户就争着要住前厢房，嫌弃后厢房。

客堂后面是扶梯，楼梯的后面是灶间，俗称灶披间。灶间的楼上是石库门房屋内最小的亭子间。亭字间上头就是晒台，白天晾晒衣裳，酷热的夏天往往是乘凉之处。客堂上是二楼客堂，两间的东西厢房几乎和一楼相同。

石库门里弄住宅分为一楼一底、两上两下、三上三下几种。三上三下显然是最为宽敞的，足足有 200 来平方米，两上两下的有 100 多平方米，一楼一底的在 100 平方米之内。整幢房屋作为封闭式，高墙厚门，适合一个家庭根据规模大小居住，三上三下往往居住的是老少三代的大家庭。但在我的记忆中，进入20世纪五六十年代，祖孙三代居住一楼的传统大家庭极少，大多还是住二上二下和一上一下的住宅。而到了住房紧张阶段，一幢石库门房屋内，往往住了好几户人家。一对新人，结婚时如能够分到一间客堂、一间厢房，哪怕仅仅是后厢房，也是一件大幸事了。而新婚夫妇只分到一个亭子间的，也比比皆是。毕竟还有不少已登记结婚的男女，在排队等候着分到新房呢。

石库门弄堂房子，是20世纪整整几代上海人一段特殊的记忆。从那个年代过来的上海人，几乎家家都可以讲出一段或温馨或苦涩的往事。1949年之后，住房公有化，上海就再没有建造过这一类里弄住宅。新建的房屋，往往以20世纪50年代初工人新村为模板，分一室户、二室户、三室户几类。

但20世纪三四十年代建造的、配备煤卫设备的石库门建筑，基本上都还在为今天的上海市民使用。而早期建造的那些没有煤卫设备的石库门，在住房商品化的浪潮下，也差不多被淘汰了。比如我青少年时代居住过的鸿祥里及周边的鸿庆里、鸿福里、鸿瑞里，虽然配置了煤气设备，但因地处闹市中心，和城市规划很不协调，已动迁完毕。

正是上海市民气息浓郁的百年弄堂的消失，才会不时地唤起我对那一段弄堂生活的记忆。弄堂的历史，弄堂的文化，弄堂里密切的人际关系，弄堂特有的氛围，都不该随着弄堂的消失而消失。因为，海纳百川同样体现在弄堂的形成上。

百年老弄的片段

　　1921 年，我青少年时期居住过的鸿祥里竣工投入使用，比起"四鸿"中建造最早的鸿庆里，整整晚了 30 年。鸿庆里面向新闸路的两个弄堂口，一个是新闸路 140 弄，另一个是 160 弄。所有居住在鸿庆里的居民，统统都得由这两个弄堂口进出。

　　大概因为新闸路是一条繁华热闹的老马路，鸿庆里的沿街铺面都要招揽顾客，故而鸿庆里沿街的 20 多幢砖木结构的房屋，和后来竣工的三条弄堂外貌没多大区别。但只要走进鸿庆里，一直走到紧挨着的苏州河畔，还是会发现鸿庆里的房屋，普遍不如其他几鸿的房屋正气。鸿庆里的里侧还有一些平房，有住着居民的，也有堆物的。靠近苏州河边上，甚至有老上海人称之为"栈房"的仓库，似乎是在告诉人们，当年开发"四鸿"弄堂房子之前，这里就是堆放建材、大石头和铁丝的地方。

　　"四鸿"中规模最大的鸿福里，也是我除了鸿祥里之外去的最多的弄堂，因为有一位好友住在这里。鸿福里建成于 1921 年，是标准的上海弄堂住宅。20 世纪 60 年代中期，我当了有名的"逍遥派"，几乎天天要到他家去聊天，有时候一天去两三次。

从上海滩出现第一条弄堂到 20 世纪 20 年代，弄堂开发商们已有了半个世纪的建造经验，新造的石库门房子的开间、大小、采光都比早期的石库门房屋更加适宜居住。早期的石库门房屋，基本上都建造在今天上海人公认的市中心地段，诸如靠近黄浦江和苏州河的兴仁里、南市的王家码头附近，造的也都是三间两厢房二层楼。这样的地段，即使在 100 多年前的上海滩，仍是最好的地段。地租虽高，但因石库门房子用地节约，很受各方涌进上海来的人士欢迎，一大家子买幢房子住进来，面对高墙厚门，哪怕只是单开间的房子，仍能给人一种安全感。故而发展的十分迅速，很快就纵横成片，形成街坊，几十上百幢石库门住宅鳞次栉比，成为上海滩独特的弄堂住宅景观。

第一次世界大战前后，欧洲的资金涌进发展迅猛的上海，民族工业寻觅到这一喘息的机会，很快发展并形成一定的规模。光是苏州河沿岸，开发的大小工厂就达 7 000 多家。各式工厂都需要劳动力，以江浙两省为主，另有山东、安徽、江西、福建等省份的农村人口蜂拥进上海，上海人口急剧增加，租借地人满为患。找到职业的外来人口稍有点积蓄，就盯上了石库门房屋。瞅准这一时机的大老板沙逊、哈同大肆经营住宅，在石库门弄堂房子上大发其财。

到了 20 世纪中期，上海除了被人称为"冒险家的乐园""人染缸"之外，也被称作"一个由弄堂组成的城市"。几乎有 60％ 的上海人住在各式各样已分出等级的弄堂里。以鸿庆里、鸿福里、鸿瑞里、鸿祥里为成熟标志的石库门弄堂房子，随后便进入新式里弄的全盛建造时期。

如果说"四鸿"建造的后期，外墙立面的装饰已经引入一些西式风格之外，新式里弄房子和原先的石库门弄堂最大的区别，就是把卫生设备和煤气引进了石库门房屋。从 20 世纪 20 年代中期开始到三四十年代，上海滩的新式里弄房子把石库门建筑提升到了一个高级阶段，不但引进了煤气、卫生设备，还辟出了小花园阳台，开间更为明亮舒适，一大家人住进去其乐融融，也成为仅次于花园别墅（上海人称为花园洋房）的住宅。

典型的石库门弄堂房子，最为出名的当属"一大"会址。走进"一大"会址瞻仰参观的人们，在追忆了早期中国共产党人的事迹后，如果细心一点，看看这幢房屋的环境和结构，也能找到早年建在南市的这幢石库门建筑的痕迹。走出会址，如果再在附近弄堂里转一转，也能感受一下石库门弄堂房子的风情。

在长沙路新闸路口上曾经有一家小小的餐饮店"小南国"，现在已经把餐饮品牌做到了全市各个角落乃至全国各地。"小南国"看到这篇小文时，能不能以百年前石库门建筑样式再开办一家有风情、有特色、有纪念意义的"小南国"餐饮店，则是我这个小说家的突发奇想了。

百年弄堂的烟火气

2022年，随着鸿福里、鸿瑞里的旧房征收完毕，居民动迁宣告结束。就此，坐落于新闸路东头的"四鸿"（鸿福里、鸿祥里、鸿瑞里、鸿庆里）彻底走进了历史。秋天明媚的阳光下，眼望着被铲平成为一片开阔地的弄堂旧址，我在街沿上站了许久。

是不是因为弄堂的拆除，这四条老弄堂内的烟火气也消失殆尽了呢？

即使处于市中心地段，这片土地上还是空气清新，秋风习习。时而有一辆辆车子在周边的北京东路、西藏路、长沙路和新闸路上熙熙攘攘、川流不息地驶过。弄堂里有过的一幕幕往事和浓郁的生活气息、人际关系、烟火气味以及栩栩如生的生活场景，不时地掠过我的眼前。

曾几何时，从每天上午八九点钟开始，家家户户都要把煤球炉子点燃，再把引燃了的煤球炉子拎到家门口，煮饭、炒菜，做好一家人要吃的每日三餐。每到这个时候，宽敞的弄堂里、阳台上、前门口、后门头，处处都飘散着淡蓝色的烟雾。没有人嫌弃或指责，只因每家每户都是如此。骑自行车的人，看到弄堂中央有人点燃煤球炉，自会一拐车龙头，从煤球炉边驶过；阳台上晾晒衣物的，往往要等太阳升高，煤球炉的烟雾都飘散后，才把清洗干净的衣裳晾晒出来。

这样的情景，一直延续到 20 世纪六七十年代。先从离煤气公司最近的鸿福里传来消息，说"四鸿"的家家户户都要接通煤气，告别煤球炉。这一消息在弄堂里引起轰动，大家都说："西藏路桥两侧两只硕大的煤气罐，几乎就耸立在我们弄堂旁，住在这里的居民早就该享受煤气灶了！"

有了煤气灶，再也不用生炉子了，家家户户既不要准备干燥的干柴，也不用隔三岔五就去煤球店买煤球、煤饼。不多久，这一令人振奋、能改变弄堂生活方式的消息就得到了居委会街道干部肯定的答复。之后，煤气公司的干部和工程设计人员走进弄堂居民家中，仔细查看像 72 家房客一样拥挤的居民家中，如何安全方便地装上煤气表、煤气灶。住在亭子间的住户是无法在螺蛳壳一样的房间里烧煤洗澡的，那就必须和所有住户耐心商量，在公共空间的一角安装一个亭子间居民的煤气灶台和煤气表。必须在所有居民都得到妥善安置的方案通过之后，这一项 100 年弄堂历史中和居民群众相关的便民措施，才能得以实施。我只记得，当"四鸿"弄堂里所有的煤气灶点火那天，各家各户都洋溢着笑脸，走进走出弄堂，都能听到欢快的笑声。毕竟开门七件事，柴米油盐酱醋茶，"柴"字当属第一。古人说的"柴"，就是灶的意思啊！

还有一件事，是住在"四鸿"的居民无法解决的，那就是上海人都必须熬过的"苦夏"。年年盛夏，总有一个绕不过去的高温三伏天，弄堂里、阳台上，甚至与马路边的路灯底下，几乎都是乘凉居民的地盘。人们习惯了在一起聊天、打牌、下棋，喧嚣的声浪伴着阵阵笑语，总要延续到夜深人静，多少有了一点凉风时，大家才会散伙回到家里去睡觉。

进入 20 世纪 80 年代，空调逐渐走进了人们的生活，条件稍好的居民开始为自己的卧室装上窗式空调，很快，分离式空调也在前楼、厢房间装了起来。装上了空调的人家是改善了室温，但随之引发的扰民矛盾也层出不穷地发生了。

无论是窗式空调还是分离式空调，装进了老弄堂后，噪声总会骚扰得周边邻居不能安心入睡，邻里之间的矛盾也一件跟着一件发生了。居委会、街道的调解委员们，面对争执的面红耳赤的双方居民，也都面露难色，不知如何是好。

好在，这终究是"四鸿"老弄堂的尾声。"四鸿"中的鸿庆里，是 1890 年最早动工并已成型的老式石库门建筑，故而也早早地呈现出了老态，看上去更像"城中村"。坏事变成好事，相对老旧的鸿庆里就成了"四鸿"中最早动迁改造的地块。2001 年来，分别由金外滩集团和上海长新房地产开发有限公司投资建设的水景苑和长新大楼相继竣工，这一片的苏州河岸也显得焕然一新，美不胜收。

这似乎是向仍住在"四鸿"中的居民们昭示着，市中心普普通通上海居民彻底改善住房条件的日子，也彻底到来了。

上海的家常菜

现在的饭店都强调各地菜肴的特色，以酥熟偏甜为主的苏州菜、无锡菜，过去称之为苏锡帮；以麻辣为特色的川菜，过去称之为川帮菜，传到江南以后，又和淮扬菜相结合，互采其长，形成了川扬帮；还有广帮菜、京帮菜等等，不外乎其是。那么上海菜的特色是什么呢？

精确度量"经济实惠"

若去查传统菜谱，信奉本帮菜的老人一定会给你讲四个字，"浓油赤酱"；但若是去问今天的上海人，无论是1500万老上海人，还是改革开放40年来走进上海滩的1000万新上海人，他们天天在家里、在各式食堂，或是叫外卖，顿顿吃的菜肴肯定不是"浓油赤酱"四个字能概括的。我就不止一次听人说："我天天吃家常菜，我还能不知道上海家常菜的特色吗！"但真正要听他细讲，他要么报一长串吃过的菜肴名，要么炫耀地说一下在饭店里吃到的名菜，实际上讲不出个所以然来。

要讲清楚上海家常菜的特征，首先要从上海人的生活观念说起。上海人过日子崇尚的是"实惠"二字：接人待物要实惠，天天必须准备的三餐饭也要实惠，还有人干脆就会说要"经济实惠"……家常菜是一家老少围桌食用的菜肴，是亲密的家庭成员才能在一起吃的饭。夫妻之间、老人小孩饭量的多少，喜欢吃些什么菜，做饭的人都能知根知底、了如指掌，故而在选购菜肴时，就会考虑到买多少量、荤素是否搭配、是否合适一家老少的口味，很少有浪费现象。

我强调"实惠"两个字，容易让人露出会心一笑，尤其是对上海人有偏见的人，恐怕会振振有词地说，上海人"小气""抠门""精明"云云，其实不然。我说的"经济实惠"四个字，包含了计算精确得到，以及充分发挥各类食材的本味和特色。读中小学时，我去同学家玩，会持家的奶奶和老外婆经常会问一句："回来吃晚饭吗？"不要小看这句话，如若不回家吃，老人就会少做一点饭，减少一点菜量，极力做到当日饭菜当日就吃完，让每顿饭有热饭、热菜和热汤端上桌，每顿饭做到没有剩饭、剩菜和剩汤。

可让人意会的"家的味道"

在崇尚实惠、讲究搭配，吃得一家人都满意的前提下，上海的家常菜同样会注重食材质量，让家人一坐上餐桌就能被勾起食欲。

上海地处长江口，东贴大海，濒近长江，市郊农村大地和江浙两省肥沃的土地相连，真正是"千河万泊鱼虾跃，百里平原谷蔬香"。除出产一年四季常见的不同荤素食材之外，长江三角洲平原上还有很多植物，诸如青蒿、枸杞、荷叶、玉兰花、草头，都能成为上海人餐桌上的美味佳肴。尤其是鲜嫩的草头上市以后，无论是酒香草头、草头圈子，都能成为家家户户老少叫好的菜肴。

　　至于几乎所有上海家庭都耳熟能详的"榨菜肉丝（肉圆）汤""咸菜黄鱼汤""番茄蛋汤""油面筋塞肉""百叶包""芋奶鸭块""冬笋扁尖肉片""油豆腐烧肉"……报出菜肴名的同时，上海人似乎就能闻到这些家常菜的香味。心灵手巧的上海家庭主妇们，当然还有一些善于烹饪的男同志，不但能把家常菜做得色香味俱佳，每一盘菜的形制还十分精巧，给人以赏心悦目之感。红要红的鲜艳，白烧清蒸的菜肴透出缕缕香气，葱花姜末的点缀更令人拍案称奇。如若有一盘菜做得不好看，负责主厨的家人会抱歉地说："今天炒菜时接了一个电话，走神了，菜炒得不好看，不过味道没有大变。"好像不是在做菜，而是在创作一件艺术品。

　　一年四季吃着家常菜的上海人，自然而然会形成一种口味，"妈妈的味道""童年的记忆""外婆做的老鸭汤"……在一天一天、一年一年的实践烹饪中，上海滩千千万万家庭一起形成了上海的家常菜，虽然口味不尽相同，但又具有共性的特征。

　　记得我去南美几国访问时，在墨西哥街头一家中餐馆里吃过一次晚餐，刚端上桌来三道菜时，我就吃出了上海家常菜的味道。请出餐厅经理一问，他就笑出声来，开口用上海话道："你们几位商量点什么菜式时我就听出来了。怎么样，这几道菜还有上海味道吗?"我们几位同行的客人，异口同声地夸起他的菜肴来，说他做的菜是道地的上海家常菜。看来哪怕是上海的家常菜，都已经形成了独特的风格和口味。

上海婚俗的演变

"晒被"如同晒家底

正如我以前在西南山乡观察到的，无论是汉族村寨上的婚礼，还是包括苗族、布依族、水族、侗族、瑶族、彝族、土家族在内的很多少数民族婚礼，都在这70年的时光里，不知不觉地演变着。那么上海的婚俗有没有演变呢？在所有的演变中，有没有没有变的情形呢？细究起来，还真颇有意味。

在我童年的记忆中，结婚是一件十分隆重的事情。尤其是家族成员们，早在婚礼举办的前一两年就在那里议论要请哪些人，什么人要从远方赶来，农村里的亲戚朋友们来了住在什么地方，新娘新郎是怎么样一个人，出生于什么家庭，家境是否富裕，新娘的陪嫁要准备一些什么东西……尤其是床上的被子，分外讲究，必须两床是绣花被面的，两床是绸缎的，两床或两床以上是大吉大利的红色，两床是花朵鲜艳的，既要有大多大朵的花，还要有好看的小花儿，枝头上必须有喜鹊……新娘子的陪嫁，10床被子是最起码的，

20 床被子也不算稀奇。

这些传言传得一整条弄堂里的人都知道，就连我这个连结婚是怎么回事都没弄明白的小男孩都有所耳闻。当时我最不能明白的就是，新娘子竟然要准备 10 床以上的被子。我甚至觉得，这是大人们说来哄小孩子的。因而当婚房布置完毕之后，我便跟在看热闹的大人后面进去参观。果然，布置得喜气洋洋的婚床上，堆叠着 10 床以上的被子，什么样的色彩都有，看得我眼花缭乱，目瞪口呆。参观完婚房后，大人们起码要品头论足说上好几天，例如被子没有堆到天花板还不算高，没听说吗？ 23 楼的冯阿姨结婚时，她家的被子加起来有 20 多床，到大夏天晒被子的季节，一晾要晾半条弄堂。我则心里直犯嘀咕：再冷的天，也不要盖那么多的被子啊！

果然，又是大人们的议论，解开了我心中的"结"。一个家里总传出钢琴声的知识分子对此评价道："这哪里是晒被子，明明是在炫耀嘛！"我那时还不懂炫耀是什么意思，但也明白这不是在晒被子，而是在晒家底。

集体婚礼办完再办小婚礼

在举办婚礼前，还有一个订婚的环节。订婚，顾名思义就是把结婚正式的日子定下来。当时上海比较富裕的人家，订婚也要请客过礼。

到了 20 世纪 50 年代，一阵"新风"就在社会上吹开了：年轻人要新事新办，"三茶六礼一扫光"，举行"革命化的婚礼"。简而言之，就是破除大操大办的旧风俗，树立社会主义新风尚。到了20世纪60年代中后期，一些单位工会还会把准备结婚的新人们，都召集起来举行集体婚礼。

但是我听老人们说过，举行完集体婚礼回来，结婚的双方家庭还是会悄悄地请至爱亲朋们，以过节日为名，团聚在一起，欢天喜气地吃一顿饭。吃饭时，当然会配备几种酒，白酒、葡萄酒、黄酒，应有尽有，到场的人心里也都明白，他们是来喝这对新人喜酒的。

到了改革开放后的40年里，订婚这一仪式，就变成了男女双方家长正式见面。只因为此时恋爱完全自由化了，双方家长也都默认了年轻人的自由选择。但家长们还没见过面，自然应该认识一下，于是这一仪式便也就保留了下来，只不过较之从前，要简单许多。

值得一提的是，我特地咨询了紧挨着上海的一些小城市和乡村，以及内地的中小城市，在当地，订婚送礼、隆重操办、越热闹越好的古老婚俗，依旧还是存在的。一位生活在中型城市的朋友，还把自己儿子在今年春节订婚的消息告诉了我，并且发来了一张照片。从照片上看，订婚现场热闹隆重的程度，大大出乎我的意料。

吃喝是婚礼最重要的事

不论是"革命化婚礼"的年月，还是发展至今天，改革开放进入"深水区"的年代，上海的婚俗，总在随着时代的变化而变化。

例如在多次应邀担任证婚人的婚庆典礼现场，我总会看到现在的新娘子要在整个过程换四身崭新的礼服，一套礼服是纯中式的，一套礼服是纯西式的，还有一套礼服偏向时尚，最后还有一套敬酒服，等等不一而是。男方呢，则会随着新娘服饰的变化，也做出一些调整。

只是婚俗如何演变，无论是简朴到只租一辆轿车接新娘，还是豪车阵容招摇过市，宴请的场所，也都转移到了饭店、酒楼，但聚集起所有新人和新人父母的同事、亲朋，吃一顿饭这件事情没有变。而那种"困难时期"所兴起，结束于改革开放初期，在自己家中请客吃饭的节俭做法，不知不觉消失于今天的上海滩。

从这个意义上而言，上海婚俗的演变，是不是也可以理解为是社会的一种进步？

百年之前的上海弄堂

老同学，更是相交 58 年的老朋友定先给我发来一条微信，告知我们俩共同居住的鸿福里、鸿祥里动迁结束了。他还问我什么时候有空，等天气好些时，去那里走一走，顺便拐到苏州河边吃个便饭，喝杯咖啡聊聊天。

年逾古稀，在苏州河畔走一走、看一看青少年时代读书辰光的老地方，还是颇有意味的。我欣然答应，说可以在秋高气爽的日子，约几个老同学一起去逛逛。定先连忙说，这事由他负责操办。

半个多世纪过去了，定先还是老脾气，说办就办。没几天，一个天朗气清的日子，我们六个老同学来了一次老上海弄堂之旅。我们在苏州河边聚了餐，一直从西藏路桥沿着苏州河步行到黄浦江交界处的外白渡桥，边走边聊，谈笑风生，话题总也离不开中学时代弄堂里度过的那些日子。

那些年里，我住在鸿祥里，和住在鸿福里的定先家最近。稍微空闲的日子，特别是"运动初期"当"逍遥派"时，我们总是形影不离。白天坐下来，纵情地谈天说地，晚上到另一个住在苏州河边的同学家中聊天到深夜。记得那位同学家住在鸿庆里，家中的大阳台几乎搭到苏州河的堤岸上。我们坐在阳台上讲一些弄堂趣闻和东家长西家短的话题，真可以得到不少课本里读不到的见识。比如卖花生瓜子的"肖天王"在旧社会里是如何了得，跺一下脚地皮都会抖三抖，如今被斗得低头哈腰，狼狈至极，一把鼻涕一把泪地向群众道歉；板箱店老板的早点一天一个样，从来不重复。他号称："赚点钱就是为了享福，上海有那么多的小吃，不一样样地尝尝鲜，不是枉在人间过一世吗？"只是他和先后两个老婆都没有子女，现在 70 多岁，以后走不动了，赚那么多钞票还能有什么用；住在沿街马路上的章裁缝人长得仪表堂堂，手艺特别好，无论是男子的中山装、人民装，还是女人的旗袍，甚至西装，他都做的不比南京路上的"培罗蒙"差。章裁缝娶了一个漂亮老婆，生下两个女儿也是花容月貌。不过章裁缝对老婆只生女儿不生儿子非常不满意，平时对妻子和女儿从没有好脸色，吃饱了老酒发起脾气来，还要打老婆。只要从他家传出女人的大哭小叫，邻居们就晓得章裁缝又在"发酒疯"了。奇怪的是，谁都知道打人不对，却没有人上门去劝告，连居委会、街道上的干部都摇摇头，只说"清官难断家务事，我们肩上的革命大事都忙不过来了！"而在章裁缝打老婆时，两个女儿总是哆哆嗦嗦地躲在角落里，一句话也不敢吭……

　　弄堂里的奇闻轶事真是讲也讲不完，听也听不尽。让我觉得，上海滩的百年老弄堂，每一条都是一本书，随便翻开一页往下读，就是一段活生生的故事，一个个鲜活的人物。透过这些人物的身世和故事，能读出上海社会的人生百态，能悟出时代和历史如何在演变中塑造了一个个当代上海人。

　　和几个老伙伴站在定先家的楼门前，走到楼梯口抬头往上望望，再低下头来端详下几户邻居合用的灶披间，我的眼前顿时浮现定先家几户邻居的身影，不由随口问道："嗓门很大的那个，那个……"

　　"'历史反革命'，你要问的是他吧?"定先提醒我，脸上露出一缕浅笑。

　　"对对对，就是他。"我连声道，"他身体很强壮，还活着吗?"

　　"走了。"定先遗憾地道，"要是活着，他要过100岁了。怎么可能? 毕竟过的是一份苦日子啊!"

　　"他的身上有故事。"我试探地道。

　　"当然!"定先语气肯定地道："不过风云流散，这些小人物的故事，也已随着动迁湮灭在这个城市间了。"

　　我听出定先的语气不无遗憾，默默地在心里做了一个决定。2024年，给《上海滩》杂志写小文时，我就以"百年之前的上海弄堂"为一辑的名字吧。毕竟不是都说，上海是一座由弄堂组成的城市么?

上海人的住房

去年的初冬时节，在小区里碰到了市作家协会的同事小宋，看他匆匆忙忙地骑着助动车出门，我问他："在忙什么？"

他说想把自己的房子挂牌 780 万元卖出去。不知能卖到这个价吧？我听了以后不置可否，无从回答。

转眼之间一个冬天过去了，我不知道他的房子顺利脱手没有？

在同一个单位，退休以后亦常有联系。他的情况我有所了解，儿子在市区上班，老俩口是想在儿子的住房附近，另外购一套房，便于双方相互照顾。

看着他的助动车开出小区，我心里不由得想起 25 年之前他买下这套住房的情形。那时候，两口子关于所购房屋的大小，还征求过我的意见。是买大一点，还是小一点的？我当时说，孩子慢慢成长起来，会需要一个独立空间，有条件应该买大一点。后来他们果然花了 30 多万元，买下了这一套房子。我们之间也自然而然当了多年的邻居。

一晃 25 年过去，情况大变。儿子大学毕业进步很快，当上了党委副书记，自己在市区解决了所需的住房。

现在的老俩口，又要将就儿子一方，调剂房子了。

我之所以详细地介绍小宋的情况，只是想说明，现在的老上海一辈人的家庭，已经不再愁住房的逼仄和狭窄，而是在考虑住房如何更适应家庭的实际需求作出有利于工作和过日子了。

回想35年之前，我刚刚从贵州调回上海工作时，自小一起长大的老同学欢迎我调归相聚时，一而再再而三地反复叮嘱我，现在的上海滩，无论是老同学、老朋友、老邻居、老相识坐在一起小聚，最热门的话题就是房子和子女的考大学。而坐下来不须讲三句话，首屈一指的大热门话题，就是房子。

我听了以后，印象特别深刻。那个年代，上海的住房一直是十分紧张的。记得我青少年时代，上海有一部家喻户晓的滑稽戏《七十二家房客》，演的就是住房的紧张狭小导致的悲喜剧，看得观众无不在一阵一阵笑声中相互调侃。真的有一种笑中含泪的感觉。

而在社会上，由于住房的紧张，所造成的矛盾冲突，时常可以听到。为了房子的面积大小。兄弟反目，姐妹相吵，亲人之间相骂，是时常听到的弄堂新闻，人们都见多不怪了。

我还清晰地记得，调回上海以后，听时任副市长倪天增介绍上海的房改政策思路，他明确的道：当务之急最最需要解决的，是人均1平方米以下的特别困难户。光是这样的特困住房家庭，偌大的上海滩就有1万多户！

1万多户啊！而每年政府能新建提供的，差距大的不是一点点。1平方米以下的解决了，才能考虑2平方米以下、3平方米、4平方米以下的。

听了他的市情介绍，我当时在想，上海的住房问题，要等到哪年哪月才能真正的解决啊？住房商品化的政策出台以后，一下子让全上海的市民燃起了希望，有了指望和计划，人们奔走相告，纷纷献计献策，上海滩的房地产开发公司雨后春笋般成立起来……

35 年以后的今天，上海的人均住房面积，从当年的几个平方米，跃升到 30 几近 40 平方米。小宋家庭就是一个明证。

这就是我们这一代老上海人所感觉的住房上的变迁。

新的时代，年轻一代的上海人，有没有新的住房问题和困境呢？我想仍然是有的。但应该相信，前进的社会能帮助年轻一代人走出困境，比我们这一代人更聪明地解决好居者有其屋的问题。

上海的古镇

　　一个星期的时间里，我去了上海近郊的三个古镇，于是就想到了这个题目，有些感触要讲。

　　先去的是松江的泗泾古镇。有水，称谓洞泾，有老街，更是当代的繁华街市，尤其是到了夜间，繁华街市所有的霓虹灯都开了，那感觉真是舒服极了。秋风吹着，人群喧嚷着，各个方向的灯仿佛都照耀在行人的脸上，欢声笑语不绝，让人联想到今天的洞泾人生活得安详、自在和快活，就是平日里，也像在过节。洞泾是泗泾中最大的一条溪河。

　　我把这点想法告诉洞泾女孩陈依，她对我说，我们是在过节呀！是我们自办的旅游节。我被她认真的模样逗笑了，说你这小姑娘，我讲的节日是固定的节假日，不是自办的节日。不料又被她抓住了话柄："叶老师，什么小姑娘，我都40多岁了，你还把我当女孩啊！"

　　旁边她的同事马上给我介绍："叶老师，是真的，她是我们副镇长。"

　　我简直不敢相信自己的眼睛，心里暗忖：可见江南水乡古镇确实是人杰地灵，鱼米之乡养人呐！40 几岁的人，如此年轻……

陈依见我不吭声，还以为我不相信哩，又补充说："叶老师，是真的。我还可以告诉你，我妈的年龄和你一般大，她是去西双版纳插队落户的，你想想嘛，我是不是 40 多了……"

越说越有缘分，我哈哈哈哈地笑了起来。

走进的第二个古镇是金泽。当地也叫它桥镇，不仅桥多，这些桥还能说出道道来：宋朝的、元朝的、明清的……桥下那股水碧绿澄净，两岸柳条儿轻拂，慢悠悠地走去，同样十分惬意。

只是地处青浦的金泽古镇不仅没有粉墙黛瓦的枕河灯光，就连白天里，游客都甚少。派出所沈所长给我解释，金泽没有开发旅游，不过我想到，你是文人，来走一走，看看，肯定能找到感觉。再说，金泽古镇上的小馄饨、烧麦，是镇上居民早上的绝配。恰好我的早点是在那一家网红打卡点吃的，味道真的可以和浦东下沙烧麦媲美。

附近还有练塘古镇，古镇上同样有烧麦，看来这是同属于江南水乡文化的一个组成部分，可称之为古镇美食。

从金泽出发，白天晚上都十分热闹的朱家角，是上海和外来游客蜂拥而至的景点。同样是老街，同样有一股汪汪的水，漕港河，自古以来这里就是收齐了粮食北运的起点。无论是白天还是夜晚，我都在景区里看见不少老外。坐着游船的时候，和一条老外的游船相遇，这一帮玩得兴高采烈的老外还笑容可掬地主动向我们挥手的挥手、招手的招手，热情地打招呼。

离市区最近的，是七宝古镇。我喜欢品尝镇上的农家大汤圆、方糕和羊肉面条。有一回，还专门起了个大早，赶到镇上的茶馆，和同样起早的茶客们喝一块钱一壶的老茶，感受那种久违的氛围。

上海的古镇还有枫泾，还有高桥、航头，都有上千年的历史，都有名人资源、名胜资源、古迹资源可挖，都可以从宋、元、明、清、民国、新中国一一数过来。在这么一个大背景下，呈现的又都是大同小异的江南水乡文化，上海人自己扶老携幼地前去一游，会感受到亲切、亲情。但是，江、浙、沪之外的远方游客来了，就会有他们不以为然的想法。

我就不止一次听来自西南山乡的游客说过，看过几个古镇，基本上都是差不多的石板街，一条河两岸的农舍，老街铺面上出售的东西，特别是小吃，味道也差不多。红烧蹄髈啊，扎肉粽子啊，云片糕啊，我看看也饱了！没啥味，没啥味！我在贵州生活过，知道他们所说的没啥味，就是找不到一个有点辣的食品吃。还有的游客直截了当对我说，中国还有几亿人吃辣椒哩，你们也要为我们想一想吧。

这些意见汇总起来，就是一个意思，雷同现象严重。

当一位东北客人给我提到这点时，我当即说，"我明白了，就是上海的古镇有千人一面之感……"

"1000 个镇倒没有，不过，多个镇一面是可以说的。"东北客委婉地道。

是啊，来自全国各地的游客所说的，自有其道理。从 20 世纪 90 年代开始的，世界性的古镇开发，发展到今天，有 35 年之久的历史了。古镇的开发，是不是该有更上一个层次的思路了。比如说名人资源，千百年来，哪一个古镇都产生过几个叱咤风云的人物，有的是将军，有的是丞相，有的是文人，文人还分为画家、书法家、诗人、词家、作家、雕刻家……哎呀呀，没个完。这恐怕是全世界共有的现象，去欧洲游历时，我读过一本《欧洲之美在古镇》，奥地利的施皮茨小镇、德国的帕绍小镇、捷克的克鲁姆洛夫、斯洛伐克的布拉迪斯拉发，比较突出的几个，都在多瑙河岸边，我一一地游历了一番，印象深刻的也不多。我就寻思，这是什么缘故呢？

思来想去，这事情和创作相同。创作讲究的是不断创出新意，古镇的开发也得有独特的创意，有吸引人的地方。

比如说到和古镇有缘的名人吧，得讲出名人难以忘怀的故事。听过就不易忘，甚至记半辈子。

又比如建筑之美吧，不必卖弄建筑常识，只要讲此建筑的独特之处。

满街摊上卖的云片糕、蹄髈、小吃，能不能在传统的味道上，别开生面创出一款让人食过不忘的美食……

一句话，古镇虽姓古，走过古镇的却都是当代人，得结合一代又一代当代人的性情和审美。

一尺花园听故事

　　正是上海最好的秋日天气。午后的阳光照在黄浦江面上，世博园后滩的江滨，人来人往，熙熙攘攘，我们二三十个亲朋好友，随意地坐在那里，一尺花园的六七张小桌周围，也都是游人。有母亲携带小孩吃披萨的，有情侣相对而坐啜饮料的，还有一对年轻夫妇，推着童年静静地坐在那里的。童车里的婴儿睡着了，年轻的父母是想让娃娃在这里多享受一些明丽的秋阳罢。

　　我们却谈兴甚浓，欢声笑语不绝于耳。都是七八十岁的老人了，几位开车送父母亲来的表兄妹们，坐在一起已经谈起了退休，讲到了他们的子女。话题不知怎么集中到了汪汪夫妇身上，人们一致夸奖他们培养了一个好女儿。在美国读完了硕士，又读博士，读完了博士，再读博士后，现在又跻身于著名的律师事务所，年薪就是 200 万美元。连汪汪夫妇到美国养老的房子也买好了。可这对夫妇不知为啥，去住了几月，又回来了。说是生活确实安定，安然，安静，兴致来了还可以外出游历一番，女儿女婿只要有空，也会来陪陪他们，并表示可以驾车送他们去任何想玩的地方观光。一切似乎都十分美满。但汪汪夫妇总觉得还缺乏一些什么，又回上海来了。他们回上海寻求什么呢？

有的人表示不理解，有的人表示理解。见我不置可否，亲友要我这个当作家的发表高论。我含糊其辞地表示，这是精神层面的追求问题，探讨起来不是聊天内容，而是长篇大论。众亲好友似乎不以为然，又仿佛深以为然。一位快言快语的嫂子道："长篇大论留到明年相聚品茗时发挥，我讲一个新近发生的真人真事你们听听。我家楼上的老于夫妻你们知道吗？"

"知道，听你以前讲过，他们的独养儿子优秀的让人羡慕。"

"是啊是啊，就是这个叫于志远的儿子，不但在上海读书时优秀的让人眼红，父母亲倾其所有支持他去了美国，仍然优秀，读完了硕士，又读博士，老俩口只要讲起来，总会喜孜孜地说，等儿子取得博士学位，他们也要去美国参加儿子的毕业典礼。"前不久，他们去了。"于志远是聪明呀！这么快把博士学位拿到手了。"马上有人议论，"有的人天生是读书的料。"

"听嫂子说下去呀，不要忙着发议论。"快言快语的嫂子说："事实是我们谁都想不到的。这个志向远大的优秀生，小声不响陷入了热恋，对像是个台湾姑娘，同学，两个人相交甚欢，脾气相投，双双瞒着两方的父母，结婚了！"

这不是很好吗，双方父母都省心了。哪里啊，嫂了说，台湾新娘别出心裁，一会儿羡慕人家高山滑翔婚礼，一会儿希望坐热气球上天，一会儿兴冲冲提议去参加深海潜水婚，总之，她说是人生唯一一回，非要浪漫刺激不可，最后一对情侣商定，去参加雪岭上的滑雪婚礼，婚礼结束先回大陆见公婆，再去台湾拜父母，结果呢，空气稀薄的高原雪岭上天气突变，一对新人双双一去不返了。老于夫妇匆匆赶去美国，不是去参加新婚大喜，而是去……

随着快言快语嫂子话音嘎然而止，一尺花园里忽然静了下来。我抬眼望去，那一对啜饮料的情侣已经离去，小桌子上只剩插着吸管的两只空瓶子，带着孩子的年轻母亲，一手携一个孩子，正走在彩带圈起的一尺花园。唯有童车还停那里，想必童车里的婴儿正在熟睡。年青的父母一左一右安宁地坐在童车两旁。我望着他们，心里说，天下父母心，都牵挂在下一代的身上啊！老于夫妇从美国回来，不知在怎样打发他们的退休日月？

上海人的荡马路

    荡马路是一句道道地地、标标准准的上海话。在中国西南的一些城市，荡马路被说成了压马路；在北京及其他一些城市，荡马路则被说成了遛弯儿。全国推广普通话时，散步两个字更广泛地代替了上海人所说的荡马路。也得到几乎所有人的赞同。

    其实不然，上海人所说的荡马路三个字，不仅仅包含了前面所说的散步、遛弯儿、压马路等等所有的意思。它的内涵，要比这些词儿更为丰富、微妙和意在言外。

    一对经介绍初次相识走在人行道上的男女青年，迎面碰到了熟人，熟人会微笑着打招呼，说一声："荡马路啊。"无论熟人认识的是男还是女，认识熟人的一方就会回答："是的是的，荡马路。"这个时候的荡马路，不仅仅是散步、遛弯儿、压马路这么简单了。尽管压马路也包含着谈朋友的意思，但上海人这时候所说的荡马路，既是在表示，我看见你们了，我是你们的见证人，我的微笑是对你们的赞许与祝福。这一对新人如若真成了，结婚时新婚夫妇会想着请熟人参加婚礼。即便只是一般熟人，也会给熟人送上喜糖。在提倡勤俭节约、办革命化婚礼的年头，喜糖还是要吃的，并且吃得很高兴。如果一对青年男女的恋爱谈得成熟了，两个人亲热地相挽着走在马路上，遇到了熟人，熟人也会打招呼，轻声说一句："荡马路啊。"这时候的荡马路三个字，就和我前面讲到的情况不一样了。那是表示熟人和那对情侣一样，完完全全明白了他们的关系。

更多的时候，上海人所说的荡马路，指的是闲逛的意思，既是放松心情，又是去看看各类商店的橱窗，基本上是无目的。但千万别以为这样的荡马路没有意思，在我们这一代人的青少年时代，荡马路开拓了眼界，增长了很多知识。插队落户当"知青"的年头，我生活劳动的砂锅寨上，同样有公社中学的初中生、县中的高中生，相处久了，他们会由衷地说，我们也是初中毕业，高中毕业，讲学历和你们差不多，有的还比你们学历高，可你们讲出来的很多事，很多物品，我们没有见过，甚至没有听说过，你们怎么会如此见多识广？我马上会坦然地告诉他们，很多事情，很多物品，我们也仅仅是听说和见过，并非自己拥有，亲身经历。问："那你们怎么会知道得这么清楚？"我会笑着告诉他们，荡马路的时候从橱窗里看来的，比如南京路上一家家商店的橱窗，里面什么都有，不但摆放得很有品位，而且标明了价格。连处理商品，也会写明白为什么处理的价格这样便宜。记得我中学里一位数学老师，业余时间喜欢逛中央商场，偏偏班上有几个男同学，也有同样喜好，课间休息或午饭后，师生碰在一起了，就会畅谈淘旧货市场的体会和喜悦。

真正的荡马路，是上海人闲着无事，放松心情，悠闲自在地走一走，随便看看。这个时候，你会发现，上海的马路和马路是不一样的，马路上的楼房与楼房也是不一样的。细细观察，会发现有的楼房客厅里装着吊扇，有的楼房有阳台，还有的楼房称之为露台。由于楼房的式样不同，马路两侧的景观都不一样。有的雅致，有的大气，有的凌乱，有的一家一家门面房挨在一起，都开着小店铺。不要小看这些单开间门面的小店铺啊！和人们生活有关的所有物品，都能在小小的店铺里买到。插队落户多年后回上海探亲，在这样满是小店铺的马路上荡一荡，什么也不买，我也觉得很幸福。心里时常想，要是山乡里也有一两家这样的小店，寨邻乡亲们就不需要翻山越岭走几十里山路去赶场啰！当然，上海人荡马路，更愿意去那些有名的地方，外滩，老城隍庙，现在叫豫园商城，淮海路。变化最大的是老城隍庙，面积扩大了。我的青少年时代，老城隍庙里还有住户。现在是一家居民也没有了，都动迁了，成了一个纯粹的游览、观光、购物、吃喝之地。既有多种多样的小吃，也有正宗的饭店。其中，"上海老饭店"和"绿波廊"最有名也最具特色。天地良心，还真的不算贵。

　　和上海结缘了一辈子，其中 21 年生活在贵州，但在这 21 年中，我觉得自己和上海的联系从来没有断过。小时候喜欢荡马路，现在老了，我仍然喜欢荡马路，今天从大弄堂走出去，明天从小弄堂走出去，今天出了弄堂往左拐，明天就往右拐，七八天中不重复，荡马路，看看风景，把上海的风景和贵州大山深处的景色比较，和内蒙古的草原、海南省的大海比较，也同中原的郑州啊、太原啊、济南啊等城市做一点比较，寻思出上海马路和这些城市马路的不同之处。对比得多了，总会感慨一番，天南海北城市的马路虽然各有千秋，包括莫斯科的阿尔巴特街、彼得堡的涅瓦大街、巴黎的香榭丽舍大街、墨西哥的改革大道……虽然说天下的城市马路都有他们各自值得说道和值得夸耀之处，荡一荡有其收获，但我仍要说一句，在上海的大小马路上荡，是我最为踏实和惬意的一件事情。尤其是每天写了一点东西之后，我的这一感受就特别强烈和舒坦。

上海人的"吃头势"

　　要在短短的一篇小文中讲清这个情况，首先要给读者朋友讲一讲"吃头势"这个词是什么意思。

　　首先要说明的是，"吃头势"，这一句话，是一句地地道道的上海话。离开了上海的地域，读到的人会觉得莫名其妙。

　　但是，只要是道道地地的上海人，无论是老人小孩，谁都懂得"吃头势"是啥意思。

　　啥意思呢？

　　就是形容这个人会吃、懂吃、善于吃，吃得出名堂，吃得出文化，有的人还能吃出道理，吃出哲学来。不举其他例子了，就以我为例，在调回上海，在市作家协会工作期间，由于既要完成自己的本职工作，又要兼任主编，还要做好自己作为一个作家，必须完成新的创作任务，方方面面的应酬特别多。有时和老同学、知心朋友讲起来，就会慨叹在场面上吃的太多了，吃的自己都害怕了。就有年长一辈的文人对我劝道："你这情况，说明你吃头势'不结棍'"。这句"不结棍"三个字，也是一句地道上海话。是不厉害的意思。他接着说，不要怕吃，你一定要学会吃，懂得吃，乐于吃，善于吃，要有你自己的"吃头势"。

这么一说，读者朋友就理解了。"吃头势"这一句上海话，既非褒义词，又不是贬义词，而是一句平头老百姓的常用词。但它从使用的角度和场合而言，有时候既是一句贬义词，又是一句褒义词。

要看具体的情况而言。

在知道了"吃头势"这一词汇的基本点之后，再来讲一讲上海人的"吃头势"，就好理解得多了。

比如说，吃馒头对于全中国的老百姓而言，是一件极为普通的事，普遍的连没上过学的孩子都知道是怎么回事。讲究的上海人则不一样，他会有板有眼的告诉你，馒头和馒头有不一样的。有高脚馒头，有普通一两一只的馒头，还有小馒头，生煎馒头。这种生煎馒头，是上海的独创，我在全国各地任何小吃总汇都没有见过。江苏浙江两省挨着上海的小镇有时会吃到，小铺子的招牌会鲜明地写清楚：上海生煎馒头！小小巧巧，包着肉馅，一两面粉四只，每一只上头都撒着碧绿的葱花。

我顺手写出的生煎馒头。在北方人中间就不容易理解了。为啥呢？在北方，馒头是不包馅的，包了馅蒸出来的，就统称包子。肉包子，或者蔬菜包子，近年来我还吃到过萝卜馅包子、粉丝馅包子。而在上海，包子也叫馒头。比如驰名上海滩的"绿扬邨"菜馒头，是天天都要排队才能买到的。很多来上海出差的朋友不理解，什么？三块五一只的菜包子，下午三点开始卖的时候，还要排队？不就是菜馅包子嘛！这就涉及了上海人的"吃头势"。一般的菜馒头，一块钱一只，走到哪儿都能买到。但是"绿扬邨"菜馒头就是不一样，三块五一只，还需要排队。去晚了买不到，只能得到一句："对不起，卖光了，改日请早。"这个早不是让你天蒙蒙亮赶早起床，而是要你第二天下午三点之前及时来排队，那一般是能买到的。但你若是怠慢了一点儿，去晚了，那就买不到了！

近几年来，情况又大同了。先是静安寺傍"松月楼"的菜馒头，卖四块五毛一只，同样是需排队才能购得，同样是过时不候，改日请早。这还不是上海最好的菜馒头，排名第一的是城隍庙里的"春风松月楼"的菜馒头，更加紧俏，更受欢迎和供不应求。近段时间以来，情况又变了，人们争相赶过去买的，是宁国禅市的菜馒头，每天排队，而且每人限购 10 只，吃到的人心满意足，没有买到的不甘心，改天又来排队。有时候是姐妹结伴而行，有时候是老同学们呼群结伴都去排队，还有父子同去的，母女同行的，目标是菜馒头……这就是上海人的"吃头势"。

顺便解释一下，在上海，馒头和包子是一回事。都称呼馒头。强调包子的，必定是新上海人，或者是出差到上海来的人。因而，就像上海话中发音相同的王和黄，经常被人讥诮为上海人王黄不分。馒头包子统称为馒头，也是一例。

一只菜馒头就有这么多的讲究。其他的菜肴，那就更不用讲了。同样是吃本帮菜，上海人就要问一句，是哪一家店的本帮菜？吃大饭店的本帮菜，还是城隍庙的本帮菜，风格、风味、用料、烹饪是不一样的。又比如要吃广帮菜，也就是粤菜，各种各样菜馆有各自的特色，随季节而不同。其他的菜肴，川扬菜、鲁菜、江浙菜，都是各有千秋，争奇斗艳，名牌饭店和酒楼还有独具特色的招牌菜。不少食客往往会风闻某一道菜，专门约上亲朋好友同去一尝的。饭店的菜肴是如此，特色点心类也毫不逊色，光是一碗面，上海滩就做得风生水起，让食客们赶来赶去地去品鉴，吃遍了上海还不算，听说了离上海很近的苏州面点有超过上海的趋势，不少上海人会专为吃一碗风格别致的面条，而赶到苏州去。至于相约着同去扬州品尝"三头"（即狮子头、砂锅鱼头、赤扒大猪头）和富春包子，去镇江吃锅盖面，去常州尝红汤面，那是上海人生活中的日常话题。最能说明问题的，是我的故乡盛产的阳澄湖大闸蟹，早在大闸蟹上市之前，媒体和市民群体就在猜测和往年相比了。而当大闸蟹真正的上市以后，所有的上海人几乎都觉得应该至少吃一次，那是起码的。而那些热爱阳澄湖大闸蟹的人士，可以说在大闸蟹整个上市季节，都在围绕着对比哪里的阳澄湖大闸蟹更正宗，更入味。连我故乡的蟹农们都对我道：阳澄湖大闸蟹都是上海人炒起来的，到了季节，北至新疆哈尔滨那些地方，连到海南岛台湾东京，都在争相推出大闸蟹。以至于我们规定的生活，半年养蟹，半年卖蟹，一年四季围绕着做好这篇蟹文章！这都要归功于你们上海人的"吃头势"。

看看，上海人的"吃头势"，传播到了一个怎样的地步。

怪不得，上海一个饕餮之士的离世，也会引起媒体的关注，作出报道。

红汤面和黄鱼面

红汤面和黄鱼面，在上海的面食中，都属于是引进的"舶来品"。

红汤面流行于江苏省苏南从昆山市到常州市习惯称之谓苏锡常的长江沿岸城乡。也是被誉为中国上有天堂下有苏杭的长江三角洲最富裕的地区。自从红汤面的做法进入上海滩之后，连苏锡常一带的老百姓，也都承认，上海的馆子里吃到的红汤面，其味最佳。

黄鱼面的情况和红汤面类似。黄鱼面本属于海鲜比上海更为丰富多样的宁波，至今仍旧是宁波市的一道富有特色的面食。我是基本不食鱼的，尤其不吃上海人情有独钟餐桌上离不开的带鱼和黄鱼。在宁波海岸边的面店里尝到黄鱼面，也觉得味道甚好。但我和很多生活在上海的宁波人一样，认为最好的黄鱼面，只能在上海的面馆里品尝到。那么是什么原因呢？宁波海边刚刚捕上来的黄鱼，不是更新鲜，肉质更好嘛！况且，黄鱼面是宁波人的原创。

这道理其实和红汤面一样，关键是在烹饪上。我的故乡昆山，有一道奥灶面，可以说是红汤面的一个代表，做功烹饪十分讲究，进昆山市区，上昆山的馆子，哪怕是吃大餐，最后那一道点心，还得是一小碗奥灶面。奥灶面和苏州、无锡、常州的红汤面还不一样，有其独具特色的风味。顺便说一句，苏州、无锡、常州的红汤面，也各有千秋，有独特之韵味和美味。细细对比着品尝，并找来名厨询问，除了汤红之外，果然用料，揉面，配伍，各有各的秘诀和不向外传播的享饪方式。

粗分起来，红汤面主色调是红，黄鱼面的主色调则是白。

可这两种各具特色和风味的面条，有一个共同点，那就是整个江南饮食追求的鲜。不是味精、鸡精、猪肉牛肉羊肉调制出来的鲜。而是红汤本真配伍及黄鱼面既有共性又有个性的鲜味。

这种鲜，是得在细嚼慢咽的过程之中品尝出来的。

这也从一个侧面，印证了很多苏锡常、宁波市的老人，为什么会在一年四季风雨无阻地天天走进红汤面、黄鱼面馆里去，享用这一碗面。有的老人还几十年如一日地自带一把茶壶，或者是在面馆里固定一个座位，泡上一杯经久耐喝的粗茶。

而散布在上海大街小巷抑或是市口较好的马路旁的面店，之所以任凭风云变化，仍旧开在那里，就是因为这些面馆（亦有叫面师傅、本帮面条、面王）能够做出一碗又一碗独具特色的红汤面和黄鱼面来。

改革开放40年来，随着大规模的动迁和城市改造，不少老字号的小小的面馆，也难免遭遇搬迁的命运。往往是悄没声息的，面店门前贴出一张不大的通告，告之所有新老食客，他们搬迁了！有的会写明本店将于什么时候在哪里开出新的店铺，有的呢，由于种种原因，一时还定不下地点来，也会抱歉地请食客们关注本店的信息。

　　小小的价廉物美面向大众的一碗红汤面、黄鱼面，真正的牵动着不少上海市民朋友们的心哩！

上海人的衣着

　　有人对我说，你这篇文章的题目，应该改成上海人的服饰，这样更加舒服和文气一点。

　　我想了想．没有改。为啥呢？衣着显得更自然、自在和我要写的内容切题一些。

　　其实，类似的文章有人写过多次。写服饰在上海人身上的演变，写 20 世纪 50 年代上海流行什么服装，写 60 年代上海人的衣着是什么特点，一一排序下来，直接写到八九十年代。可以说，上海人的衣着打扮，曾经是全中国人们关注的热点。记得我们作为上山下乡的知识青年刚刚参加民兵团修建湘黔铁路时，一位打过仗当过兵的民兵团领导，当着从各个公社生产大队推荐来参加湘黔铁路大会战的所有民兵战士们介绍我们上海知识青年，说："他们的样子很好认，喜欢穿窄裤腿……"当即引来一阵哄笑并注视的目光。只因为那个年头，上海流行穿"小脚裤子。"

　　"小脚裤子"四个字今天在文中写出来，似乎也不甚准确。其实就是把衣裳裁剪的特别贴身。我坚持这么写，只是因为当年的上海人，就是这么称呼自己的衣着的。自然，流行过紧绷绷的"小脚裤子"，上海到了20世纪80年代初，又顺应世界潮流，穿起了"喇叭裤"。自然又引来全中国目光的关注。

并且是争论性的议论纷纷。直至90年代，我去东京和日本作家交流时，他们还主动提起，上海的服饰行业十分发达，东京银座街头春天里时髦女士的种种开风气之先的服装，到了秋天，上海的闹市马路上就出现了。而且稍经改良，比东京的服饰还要漂亮。

曾几何时，上海人的服装也受时代的影响，单调到马路上只能见上青、灰黑、黄三种颜色。记得我有一回在当时号称远东第一高楼的国际饭店窗口往行人熙来攘往的南京路上望，看到的就是行人们穿着的这三种颜色，黄色的军便服，上青的中山装或人民装，灰黑色的的卡。女士们的外衣也不例外，单调统一的令人愕然。即便是这样，上海人身上的衣裳仍然是令人羡慕和引领全国风气之先的。不少外省人趁着出差的机会来到上海，公务之余的购物，首选就是服装。有一度甚至连衣服上少不了的纽扣，都要买上海的。那些年里，不止一个外地朋友对我说过，你们上海人身上穿的衣服就是和我们不一样。你看你看，每一个脱去外衣，身上穿的毛衣，几乎没有两个男士是相同的。就是风行一时的的卡，上海裁缝做出来，和我们身上穿的，大不一样，有模有样的。不像我们买来了的卡，无论是上衣还是裤子，从来没有想到要自己动手做一点改进。

上海人的引人注目和与众不同，就是在衣着打扮上也和人家不一样。

当然，这种不一样在那时的情况之下，也时常会无端地遭人背后议论和白眼，不见得是好事情。

　　新世纪以来，一晃四分之一世纪过去了。最大的变化是，上海人的穿着服装，已经不像原先那样引领时代风气之先，也不再像过去那么遭人羡慕了。相反，讲起八九十年前的上海人，家里住房再逼仄，经济条件再一般，也得备上一套两套的出客服装，已经是恍如隔世的事情。至于从头到脚打扮一新，不是西装革履，也得穿得风度翩翩，反而会遭人讥诮了。

　　今天的上海人，衣着以随意、自在、色彩搭配得自然为主。一句话，穿着得本人舒适，而外人看去不显山露水，才被认为是最实惠、最本色也是最潇洒的。除非在正式场合，事先有通知，须正装出席，比如重要的庆典、外事活动等，上海人才会按规矩办事。一般的情况之下，上海人的衣着打扮，都讲究低调、自然、尽量不引人注目为要。

　　很多人议论起这么一种变化来，都说和以往的服饰观相比，这是一种难得的进步。我也深以为然。

脚踏车·摩托车·助动车

　　三种代步车，几乎是所有的上海人乃至国人们都知晓、熟悉的车辆。不少人还是自己选择的座驾亲蜜的朋友。对车子的热爱达到了旁人难以理解的地步。特别是脚踏车风行全中国城乡的时代。

　　先得申明一下，脚踏车就是人们所熟知的自行车。脚踏车是老上海人的习惯称呼，那时候遍布上海马路边、十字街头乃至大一点的弄堂口，都有脚踏车行，里边既卖车，也对脚踏车出现的"小毛小病"进行及时维修。非常受到车主人的欢迎。但是大马路的脚踏车行，只卖脚踏车，不承接维修业务。只因比如开设在南京路淮海中路上的脚踏车行里，出售的都是名牌的脚踏车，诸如上海人最信赖的"凤凰牌"脚踏车、"永久牌"脚踏车。这两款脚踏车的信誉好啊，买上一辆，用上多年，都是新崭崭的，明光锃亮。踏到哪里都会引来羡慕的目光。

　　脚踏车的名称随全中国的大流被上海人称之为自行车，和20世纪50年代末60年代初全中国推广普通话有关系。在普通话里，脚踏车三个字是很难念的。再说，上海生产的自行车信誉好，受到全国老百姓的欢迎。在低工资的年代，老百姓好不容易积攒起一百几十块钱，要买一辆车，他们的首选是凤凰牌自行车，遂而才是永久牌。自行车生产毕竟不难，很多外地厂也曾尝试过推出本地自行车，但是几乎无人问津。一般的人只信赖上海产的名牌车。"凤凰"、"永久"牌自行车，名声响遍了全国。60 年代天津自行车工业奋起直追，也曾推出过一款飞鸽牌自行车，在市场上也曾获得过好评。但始终没有超过上海的"凤凰"和"永久"。

自行车发达的高潮是在 20 世纪的 80 年代后期和 90 年代初。那些年里，上海的马路上号称骑行着 700 万辆自行车，是全上海大多数职工首选的代步工具。上下班高峰时段，我经常会站在热闹的十字街头和离家附近的北京路、西藏路、新闸路、芝罘路四字路口，欣赏上海马路上这一特殊的自行车洪流组成的罕见的景观。

真的是罕见啊，没有几年，随着改革开放的迅速推进，一部分人以惊人的速度先富起来。上海曾经的骑自行车一族中，有的人买起了私家车，有的人购置了摩托车，更大量的人选择了骑起来快捷而又灵便的助动车。自行车行业逐渐萎缩，演变为今天这样在街头人行道上自取自用的简便工具。"凤凰"飞走了，"永久"也不久了。消失在一代曾以自行车代步为生的老上海人的记忆之中。

现在的上海马路上，除了大量的我至今未得到准确数字的助动车，就是轿车了。但是这两种车子再多，也没有多过自行车黄金时代的 700 万辆啊！

最后我想补充一句，我年轻时也是成千上万以自行车代步潇洒出行在大街小巷中的一员。不是吹，那年头我的车技还常常受到伙伴们称道哩！

上海街景的美

用上海口语化的发声来说，这篇小文的题目就是：上海马路浪漂亮的风景。

街景太普通，太司空见惯了，真的美吗？

美的，美得很吸引人，美得甚至令人陶醉。

外省市人初次来上海，外国的客人初次踏进上海滩，总要打听，上海哪里最好玩，哪里最值得去。如果我说，哪里都值得去走走看看，哪里都好玩，客人一定会以为我是在敷衍他。于是，我就会像所有的上海人一样，认真地介绍上海值得去走一走、观赏一番的地方。

首选当然是外滩，其次就是紧挨着外滩的南京路，尤其是步行街那一段，什么东西都能选购到，第三是颇能代表上海历史文化的豫园，老上海人习惯地叫"老城隍庙"。如果客人还想多走一两个地方，那么，"新天地"、淮海路风情街、离市区最近的七宝古镇，都会被一一地介绍。

这些景和马路，当然值得推荐和介绍，但我这篇小文讲到的街景，就是普普通通的上海弄堂，"转弯角子上的风景"。

自小生活在永嘉路上，永嘉路附近的陕西南路、襄阳南路、岳阳路、太原路，乃至东西向的建国西路、复兴中路等，都是我从小尽情玩耍度过青少年时代的地方。比我年纪大些的伙伴和弄堂里上了年纪的人，都会有意无意地说：我们这里是"上只角"，和那些"下只角"是不一样的。我问不一样在哪里，一个高中生站在弄堂口，说："让阿哥来教教你，你顺着我手指的方向望。"

我望了两眼，说："不就是天天要走过的老洋房……"

告诉你，高中生用老师训斥学生的语气道，这是欧洲西班牙式的老洋房，你从斜斜的角度望过去，连同洋房边的梧桐树一起细看，你会看出味道来。

我那时候太小，没有高中生的审美水平，只能嘀咕说，什么味道，我左看右看都看不出来。

此事以高中生的一句"戆大"而结束。多少年之后，在上海市作家协会大厅，参与接待英国作家代表团，座谈结束，陪他们走进市作协的爱神花园，欣赏普绪赫女神的小喷水池的同时，几位英国作家不约而同地发现了我们这座三层带阁楼的别墅，竟然是英国19世纪的格调。一位诗人还感叹地道，这种式样的别墅，在英国本土上也很少见到了。没有想到，远在中国上海的市中心，还能见到这样的房子。于是，他们不但在台阶上和上海作家合影，还用相机以不同角度，对着我们市作协小楼拍了很多照片。

直到此时，我才想起弄堂里的高中生，是有点儿欣赏水平的。

从那以后，无论是走在小时候居住的永嘉路上，还是和永嘉路交叉的乌鲁木齐路上，离此区域不远的武康路、湖南路还是建国西路上，透过梧桐树叶，我也总能发现上海这座城市街景的美，公寓有公寓的风情，带铁门的小楼有小楼的滋味，门面房自有门面房的别致，而且，我还时常看见，经常有人举着照相机、拿着手机，对着上海的街景拍照片。更有美术学院的学生和绘画爱好者，找一处僻静的地方，支起画架子，面对着街景专心致志地绘画。我走过路过，也会情不自禁地往这些人的画布或速写本上瞅一眼，有的人画的是素描，也有人画水彩画，还有人干脆直接用厚厚的颜料往画布上抹，在创作油画作品。

这些人，一定也是发现了上海街景的美吧。事实上，这些年来，陆陆续续地，时常有人出版了一本又一本和上海街景有关的著作，有摄影册，有素描集子，也有文配画、文配照片的，光是彩色印刷的大型油画册，我就收到过好几本。厚厚的，沉甸甸的，空下来专心翻阅，确实也能从中感受到上海艺术家们独到的眼光。

上海街景的美，是会随着季节的变化而幻化出不同的景致来的。夏日里浓荫密布的马路，和冬季里枝丫光秃秃地伸向阴冷的天空，完全是两道浑然不同的风景。早春时节的白玉兰和秋日里满街满弄的桂花，给人的视觉和嗅觉，都是两种情调。雨日里撑着伞疾行的路人和烈日下直躲阴凉处的行人，也是不同的两种风景。

无论是老上海人还是新上海人，都愿意去逛一逛或坐一坐的"新天地"，形成了另一种上海街景的美。去年秋日的一个夜晚，我陪难得到上海来的几个贵州人在"新天地"里小坐，其热闹和拥挤的程度，让我直觉得，这番光景也只有在上海才能如此吸引人。

离"新天地"不远的中共一大纪念馆，则是和"新天地"迥然不同的一道风景线。春、夏、秋、冬四季里的每一个月，都有戴着团徽和红领巾的青少年，还有数不清的成年人及白发苍苍的老人，走进中共一大纪念馆，感受中国共产党建党期间那段红色历史，接受革命传统教育。这些人中有上海人，还有苏浙两省从高速公路上一早赶来的参观者，更有来自全国各地的各族各界人士，形成一道美景。

哦，上海街景的美，值得我们每个人去品味和体会。

上海的年夜饭

今年的元旦和春节离得近，不足一个月的时间。早在元旦之前，上海的宾馆、酒楼、大饭店乃至不少中档大厦里的饭馆，都推出了年夜饭，品种繁多，格调不一，突出各自菜有的特色，吸引着路人。

年夜饭啊年夜饭，在我们这一代人的青少年时期，是家庭生活中的一件大事。进入腊月中旬，年夜饭已经成为邻里间的一个话题。首先说到的，就是鸡、鸭、鱼、肉四个大菜要配齐。所谓配齐，就是鸡鸭要整只上桌，鱼要整条端上来，肉至少得是一锅的红烧肉，或者是一整块做得红亮晶莹的东坡肉。其实是不是苏东坡当年的做法，人们不会深究，人们要的是苏东坡这个大文人的名气。长大后经常出差，几乎走遍了全国所有省份，餐桌上吃到的东坡肉、东坡肘子、东坡红烧肉各有各的烧法，菜色形状和味道迥然不同，食客也从不深究，要的是苏东坡的名气，只要是道道地地的肉就行了。如若老家有人来，带了家乡的活鸡活鸭和新鲜的鱼，更是会引得邻居们热议。

四个大菜有了，年夜饭的主要食品似乎已经有底。其余的菜肴，就得由女主人各显神通了。宁波人有宁波人的规矩，苏州、无锡、常州、扬州、镇江各地定居上海的家庭，都有各自家庭的特色。总而言之，在四个大菜的基础上，起码要有四个冷盆、四个热炒，加上两道点心和汤。点心里最好要有糕，寓意节节高，来年全家人都能往高处走。汤呢，经常以一只大砂锅端上来为代表，里面蛋饺、粉丝、咸肉、肉丸等配料丰富多彩得数不过来，说是汤，其实菜比汤多。汤不够了可以加，边加边吃。当然，年夜饭少不了酒，上海那时没什么好酒，"七宝大曲"是 20 世纪 50 年代推出的高度白酒，"神仙大曲"是八九十年代红过一阵子的白酒，但是酒质酒体酒味都不能和以茅五汾为代表的白酒相比。但是上海人独辟蹊径，说我们不爱喝白酒，我们的文化是喝黄酒，"古越龙山"、"女儿红"、"加饭酒"、"善酿"包括后来改良推出的"石库门"黑标和红标。只要是酒就行，在这一点上，上海文化也发挥着一点自我安慰的作用：不要那么讲究嘛，将就一点就行了。

大年夜，白天忙不过来的家长会选择在年夜饭之后的这段空档时间，炒瓜子炒花生，瓜子分成南瓜子、西瓜子，还有香瓜子，炒得喷喷香，趁热端上来，让坚持守岁的老人、小辈们边吃边聊。忙进忙出的家长还会把大年初一早餐、午饭、晚饭的菜肴准备好。真正到了大年初一，得尽量少做一点。其间的寓意是家庭里一年到头都丰衣足食，不但事儿得少做，连地也不能扫。半夜之前，还得把家里的清洁卫生打扫一遍。老人们说大年初一到初三扫地，是会把来年的财运扫出去的。提倡过革命化春节的那些年里，说这是封建迷信，得像"四旧"一样破除。发展到今天，这样的意识已然淡化了。年夜饭也不像原来那么讲究了。吃吃喝喝已是次要的,但聚会活动还是要有的。不但家庭成员之间的聚会还是在延续,连朋友之间也借吃年夜饭的名义聚一聚,为的也是联络感情,增进友谊。

上海的年夜饭,随着过年的脚步越来越近,又提上了议事日程。

这真是年年岁岁花相似,岁岁年年人不同。读者朋友,你准备好今年的年夜饭了吗?这一切的一切,都是上海年夜饭的话题。现在全家人相聚,只要是老少几代,能够有七八个人,都到饭店里去聚。有老人在的,老人发话;老人不在的,就由兄弟姐妹中的老大召集。也有例外,那就是几兄妹中最有出息的那一位出面召集。自然也由伊买单。所谓出息,无非三种:一是做生意、办实业发了财,吃顿饭对伊是"毛毛雨"。二是事业有成,收入不菲,平时忙忙碌碌,兄弟姐妹少见面,出头召集。三是当了官的,出面相邀兄弟姐妹团圆,在尽情吃喝之间放松身心,享受幸福的亲情。在吃年夜饭的场合,什么话都可以说,什么情绪都可以发泄,什么牢骚都可以发一发,都是亲人。至于菜肴,那已经不是主要的了,所订的饭店有啥特色菜和新品或名菜,就订什么菜,请客买单的人不会在乎。酒也讲究起来了,20 世纪 90 年代我调回上海那几年,兴的是五粮液;茅台酒么,难买。记得我调回上海时,茅台酒当年的一把手邹开良遗憾地对我说,这么大的上海,茅台的销量不足 100 吨,我怎么也想不通这个问题。现在呢,我问茅台集团,他们说今天的上海人接受茅台酒了,上海市场我们供应 1 100 吨酒,苏浙两省的酒还时常往上海送。故而茅台酒在今天的年夜饭餐桌上,也成了主角。一年忙到头，总得吃得丰盛点，喝得讲究一点。所谓讲究一点，在上海话的内蕴中就是要最好的。

年夜饭的氛围，总的是融洽的，欢快的，幸福感满满的，尽欢而散的。当然也有在饭桌上酒醉后失态的。不过都是至爱亲朋，睡过一晚，春节相逢时，一切也就过去了。

上海人曾经的年夜饭，团聚总和守岁连接在一起。吃饱喝足了，一大家人坐在一起，仍不会散。老规矩是要过了半夜 12 点，才去入睡。为什么呢？过了 12 点，就是迎来新的一年。清醒地迎来新的一年，据说也有吉祥如意的蕴含。坐着干什么呢？嗑瓜子，吃花生，还有五香豆，当然少不了糖果。糖果是给孩子们吃的。过年的糖果一定要选糖纸五颜六色的，为的当然是悦目。其中的大白兔奶糖更是点睛之笔。

徐汇滨江新景观

徐汇滨江，上海滩的一个新地标、一处新景观。

每当天色晴好的午后三四点钟，我会在完成一天的创作后，来到这儿放松心情，眺望浦江对岸的景色。看着远处卢浦大桥的雄姿，望着桥面上穿梭不停的大小车辆，瞧着江边缓缓航行的大小轮船，我沿着江畔，一路散步而行。

江边步道上，不时走过各个年龄段的路人。有匆匆而行者，但大多数还是像我这样来散步的老人。成双成对的老人多一些，也有踽踽独行的女人和男人。从他们的步态、脸色、眼神，都能看出他们是来享受这休闲时光的。步道边的座椅上，也有走累了的老人在休憩。周六、周日的时候，这些座椅更多是被一些年轻夫妇占据着，他们前方的地上摊放着一些蛋糕和饮料，有的身旁停放着童车，有的还撑开了遮阳伞。只需用目光寻找，总能在他们身旁草地上，看到随他们来玩耍的孩子。时不时地，娃娃们会发出阵阵欢叫声。体型巨大的轮船从江面上驶过时，人们的目光会情不自禁的被吸引过去，构成了一副和谐美好的画面。

这些年来，我亲眼见到徐汇滨江逐渐发生变化，变得越来越让人喜爱。不知不觉中，徐汇滨江已成为附近市民们的休闲之地。每当在江边散步，享受着春风和秋风拂面而来的美好感觉时，我不由得庆幸，我是徐汇滨江这一新地标的亲历者。记得规划这片新景观时，我还曾随着当时人民代表视察的脚步，登上附近高楼，听过这里的介绍。

相伴上海 70 多年，青少年时期走进人民广场、文化广场、外滩，总会听到老一辈的上海人讲述上海滩逐渐演变的历史：原来的老城隍庙是什么样子，新城隍庙的香火又是怎样逐渐兴旺；荒僻的李家坟场是从什么时候开始变成外滩的；跑马场、跑狗场怎么变成了人民广场、文化广场……故事很好听，可都不是我亲历的。但徐汇滨江的变化却是我亲眼所见，亲身经历的。就如同小时候，我看着一长片臭水浜，变成了如今绿树浓荫、行人如织的肇嘉浜路。

改革开放 40 多年里，上海高楼进一步地"长高"，上海马路也逐渐"变宽"，城市风貌的变化，让不少老上海人都不认识上海了。每当在浦东的高楼或浦西的大厦之巅，朝着远处眺望，烟云迷蒙之中，远远近近、高低错落的 1 万多幢高层建筑，让人永远也数不清楚。要在这片钢铁森林里寻找徐汇滨江的方位，几乎是徒劳的。

这就是我自小生活的都市上海。

这就是我曾经几乎走过每一条马路的徐汇区。

这就是小时候的滨江码头货栈演变而来的徐汇滨江。

我们习惯把上海和纽约、东京、巴黎、伦敦相比。但我心里明白，上海有很多东西是纽约、东京、巴黎、伦敦等大城市所没有的。上海的烟火气不同于"雾都"伦敦的生活气息，不但不同于今天的伦敦景象，更不同于狄更斯笔下的伦敦；上海的黄浦江和苏州河同样不同于塞纳河与泰晤士河上的风光。在他乡的河畔散步，绝不会像我在徐汇滨江散步这样踏实和安然。因为这是故乡的土地，这是祖国的上海。

徐汇滨江一派安然祥和的情景，总会让我想起近些年来世界上兴起的一种生活态度，谓之"慢生活"。

"慢生活"鼓吹的是对待世上一切人和事，都采取一种"慢"的态度。说话要慢，走路要慢，做事要慢……和我们曾经信奉"多做事，从来急"的态度截然相反。我觉得，像我这样经常来徐汇滨江散步的老年群体，已在人世间度过了一个甲子有余，是时候该把生活和节奏放慢下来，尽情享受人生晚年的安闲和舒适了。

从这个意义上来说，徐会滨江新景观就更凸显出它的现代性和当代性。沿着滨江步道，可以游览整条黄浦江江畔。当然，不仅仅只有徐汇滨江，还有南市滨江以及老外滩整修一新的外滩源和北外滩。浦东浦西的滨江之地，都像徐汇滨江一样，有了焕然一新的面貌。

朋友们，空闲时也到徐汇滨江散散步吧，说不定我们还能相遇呢?

不变的情怀

1982年元旦，上海的《新民晚报》重新和广大读者见面的时候，我远在山城贵阳，但是通过媒体得知消息，我还是很高兴。除了告知周边的文化人，还特意把这消息告诉了《贵阳晚报》和正在紧锣密鼓筹备中的《遵义晚报》。眼前不时闪现中小学时代，上海街头报刊零售点前每天黄昏排着时长时短的队伍买报的市民。

仅仅隔开约两年时间，好像是1983年底、1984年初，《新民晚报》社寄给我一张样报，我仔细地从头看到尾，发现副刊版面上登了一篇半块豆腐干大小的报道，说的是钱伟长先生称赞我的长篇小说《蹉跎岁月》的事。那时候，我和《新民晚报》编辑记者没有联系，也不认识钱伟长先生。但我心里一直很感动。

1989年秋，我调回上海之后，写下的第一篇小文，就是在《新民晚报》上刊登的。自那以后，和老、中、青几代编辑逐渐相识熟悉起来，陆陆续续写下了几十篇的小文。其中，《不要折腾茅台酒》一文的影响和动静最大，不但听到读者好评，也收到过读者的批评。至今这篇文章仍挂在网络上，9年了，点击率有好几千万了吧。贵州省里上至领导，下至黎民百姓和各族老乡，有的是看过这篇小文的读者。我想这是茅台酒近年来愈加被世人关注造成的吧。

我特别要提到的是去年那一篇《相隔半个世纪的照片》。这是我写给《新民晚报》最长的一篇文章了，也是晚报编辑在叶辛文学馆里看到了两张照片以后，特意约我写的。这是一个金点子。乍一听说，我还不知从何写起。我平时写小说，以虚构为主，从未想过要写一写身边这些知根知底的老朋友。哪晓得一写开，就收不住了！害得编辑给我和6个最为普通的小民百姓辟出了整整一个版面刊登。文章刊出后，"事情闹大了！"

唐刚毅的一位90岁邻居，是个晚报的老读者，每天把取晚报、读晚报当作功课做，跷起大拇指对他说："唐先生，你们50年的友谊坚持到现在了不得！"远在美国的培德称晚报是他的"思乡病特效药"，白天是半个美国人，在纽约市中心上班，傍晚后回到家中是半个中国人，读报，享受在家乡乐园之中。现在美国订不到海外版了，疫情之前那几年，他每半年回国返美，都要打包半箱子《新民晚报》带回去，弄得浦东机场的女保安见了，觉得不可思议。他在纽约，读到的是网络版，说一出报，上海好几个人给他转了过去。

陈钦智的一个学生在邮局工作，看到报纸当即给他买了一摞"快递"；另一个学生读到报纸，第二天就驱车去了高桥的"叶辛书房"。

夏定先工作经历丰富，他兄弟姐妹多，几乎所有的亲戚朋友、大学同学、几个单位的同事，给他发出了很感人的感言，我都深受感动。

　　刘澄华的农场同事不但给他带去了报纸，还和他一起回忆身处天南海北几位老同学互相通信、通讯员取信时的细节，称他们也是间接的见证者。

　　正如段智感慨说，原本是平淡、朴实的友情，经《新民晚报》这一登，让岁月的跌宕和悠远，令这份情谊弥足珍贵，更显奇丽。

　　在《新民晚报》复刊 40 周年的日子里，我把这些读者们喜欢晚报、感激晚报的情怀写出来，也是一份祝愿吧。

淮海路的风情

　　小时候，我家住在上海的淮海路附近。因为住得近，便像弄堂里所有的居民一样，"三日两头"要到淮海路上逛逛。不买什么东西，也没啥事儿，就是走一走，"望望野眼"。"三日两头"和"望望野眼"两个词汇是地地道道的上海话，前者是经常的意思，后者是看看新鲜玩意儿之意。

　　故而对那个年头淮海路上的一切，都是十分熟悉的。熟悉到什么程度呢？举个例子，当年淮海路上最大的第二百货公司，四个楼层加上和四个楼面面积相仿的地下商场里，哪个柜台卖什么商品，闭着眼睛我都讲得出来。说来好笑，在那些年里，虽然我闲来就去逛淮海路，因不购物，却从来不带任何目的。只是在年事稍长，朦朦胧胧地对文学有了兴趣，才会走进淮海路上的新华书店和旧书店，看看陈列在书柜里的新书和旧书。记忆中，有些旧书是很旧的，还有20世纪30年代或40年代出版的。书页都泛黄了，仍放在书柜里供读者挑选。价格并不便宜哩。

　　经常逛逛淮海路，至少对于我，一是大开了眼界，知道了世界上竟然有这么多的东西和大小货物，这些数也数不清的东西，我一个小孩用不着，但是总有人需要的。二来呢，走进淮海路上的电影院，我知道了最近正在放什么电影，票价多少。有的电影放映的时间长，有的只放两三天。傍晚开始放映的第三、第四场电影的票价贵，而午后的第一、第二场电影票价要便宜一些。最便宜的则是上半天放映的早场电影，只需一角钱，就能买一张票，但放的电影和其他场次是一样的。那些年里，我对此费了点脑子思索，也没想出个所以然来。只知道历来的规矩就是这样的。后来我发现，不仅仅是我有事没事往淮海路上走，弄堂里的孩子们，还有那些大人，只要一有空，也爱逛淮海路。我留心听他们的对话，才听出了道道，说淮海路上的风情令人着迷。

我心里说，不对啊，我一点不懂风情，不也爱去逛嘛。纳闷了一阵子，终于鼓起勇气，问比我年长的一个小姐姐，她对我说，淮海路上什么都有，有吃的喝的穿的，种类繁多，还有男女谈朋友，夫妻同去购物、看电影，悄悄走进点心店解解馋，走进饭店去大吃一顿的，应有尽有要啥有啥，你去好多次了，难道没有看到？

看着小姐姐既像提醒又似教训我的眼神，我恍然大悟：噢，还真是这样！不过，不过这就是风情吗？

当然是啰！小姐姐毕竟比我长几岁，她用肯定的语气道："我大姐说的，到淮海路上去，是一件大开眼界的事。哪怕是看看姑娘们身上那些衣裳的花式和样子，都能学到不少知识。"

在儿童时代，我就这样在小姐姐的开导之下，稀里糊涂晓得了一点什么是风情。

后来我长大了，搬家住到离淮海路很远的弄堂里住，也就没时间也没闲心专门走到淮海路上逛了。

再后来离开了上海又回归上海，忙忙碌碌的生活中，时而也路过淮海路或者在这条路上走过一截，似乎也不再想到要欣赏一下淮海路的风情。真的是人生一晃呀，竟然过了大半辈子，年过七旬了。和几位文人老友在上海餐馆小酌，吃过晚饭下楼走出门厅，正是黄梅天的夜晚，恰恰时断时续的雨这当儿不下了，轻轻的晚风吹过来，几个朋友都连声直呼舒服舒服，于是决定在还没干透的淮海路上逛逛马路。

才走出没几步，迎面送来几位女孩脆朗朗的笑声。抬头望去，走过来一排姑娘，一人一种头饰，梳着她们各自的发型，脸上全挂着青春的笑容，最显眼的，她们的服饰颜色不一，却全穿着背心衫，裸露着她们年轻的线条分明的肩胛和手臂。姑娘们带着一串笑声和我们这拨老人擦身而过，一位87岁身体仍很健朗的老教授笑道，淮海路上的风情与时俱进啊，你看看你看看，前天我刚刚在报纸上读到T恤衫落市了，今年时尚界会兴起一股背心衫的潮流，我难得到一次淮海路，就给我撞上了。几位老年文友也随声附和。真的没有想到，会在黄梅季节的夜晚，又一次邂逅和体验到淮海路上的风情。久违，真的是久违了。哦，流光溢彩里传来阵阵欢声笑语的淮海路风情，是让人流连忘返的。

附录

天眼人物| 叶辛：让山水、人文说话，讲好贵州故事

"我与贵州结缘是在56年前，贵州的山地给予了我很多创作的灵感。"茶桌上，煨好茶，75岁的叶辛静静讲述着自己的文学创作与贵州山水的关系。

叶辛的一生，写下一部部扎根生活的作品，映射出时代的光彩。青年时代到贵州插队，就此与贵州结下了不解之缘。

"我插队落户的寨子叫砂锅寨，当时我们要在砂锅寨和老乡一起劳动，一起跟着耕地。也正是在那样的日子里，天天跟老乡一样打着光脚板在田埂上走。我对贵州山地，贵州的泥巴地，贵州的田埂，贵州的山坡就会有一种感情。"叶辛说，这份感情并不复杂，来源于农活农事，那段岁月更是让他熟悉了贵州的山地与人文。

说到最初提笔创作的时候，叶辛似拉回那段悠闲的饭后时光里。"以前饭后农闲的时候，我就跟老乡坐在荷塘边讲黄浦江、苏州河、明朝的故事、清朝的故事，老乡总是听得津津有味。我那个

时候就在想，上海发生的一切，贵州山里的农民是不知道的。而贵州山里面的故事，外面世界里的人同样是不晓得的。也就是从那个时候起，我心里在想应该写点什么，也就逐渐的提起笔来。"

最初，他写下一些儿童文学作品，《高高的苗岭》《深夜马蹄声》《峡谷风烟》等作品。

直至 1978 年改革开放，他开始意识到可以写知识青年上山下乡的生活，写下自己那一代年轻人的故事。后来，他创作长篇小说《蹉跎岁月》，并于 1982 年被翻拍成电视剧，借助中央电视台的影响力而广为人知。

"那个时候大家都说文学的春天来了，咱们现在回过头再去看，都说那是文学的黄金时代。"叶辛说，他的作品里写满了生活。正如他常说的一句话，所谓作家，所谓深入生活，就是要带着一颗热爱这块土地，热爱这块土地上生活的老百姓的心，才能有所收获。

如今，虽已离开贵州，但叶辛的心始终在这里。每次回到贵州的时候，车子经过修文县扎佐镇，进入久长，他的身心都会有回到故乡的感觉。他不止一次提到，成年以后，贵州山地文化，贵州的山水对他影响更深。

回忆起最初对于贵州的印象时，他坦言说，"那时候很滞后。"但如今贵州这 20 多年的变化和发展也令他很惊喜，"贵州 88 个县，我走过了 79 个。比起过去变化很大、进步也很大，而且都独具自己的特色。"

在贵州，叶辛走过许许多多的地方，接触过苗族、布依族、水族、瑶族，彝族等民族，在他内心，贵州变化最大的是贵州人自信心的增强。

"现在大家都自信心满满，觉得我们贵州不是天生落后的，我们贵州是有悠久的历史，也有灿烂的文化，也有其他地方没有的民族文化。"叶辛直言，这份自信心很重要。

如何讲好贵州的故事？叶辛则认为，贵州发展旅游除了要利用好老祖宗留下的山水资源，更多地要发掘出人文资源，持续讲好贵州故事、讲好贵州民族文化的故事，讲好贵州各民族有特点的故事。

周梓颜